徳間文庫

婿殿開眼四

いざ出立

牧秀彦

徳間書店

目次

【主な登場人物】

笠井半蔵《かさいはんぞう》
百五十俵取りの直参《じきさん》旗本。下勘定所《しもかんじょうしょ》に勤める平勘定。

佐和《さわ》
笠井家の家付き娘。半蔵を婿《むこ》に迎えて十年目。

お駒《こま》
呉服橋《ごふくばし》で煮売屋『笹《ささ》のや』を営む可憐な娘。

梅吉《うめきち》
『笹のや』で板前として働く若い衆。

矢部駿河守定謙《やべするがのかみさだのり》
新任の南町奉行。

梶野土佐守良材《かじのとさのかみよしき》
勘定奉行。半蔵の上役。

高田俊平《たかだしゅんぺい》
北町奉行所の定廻《じょうまわり》同心。半蔵と同門の剣友。

宇野幸内《うのこうない》
南町奉行所の元吟味方《ぎんみかた》与力。俊平の後見役。

政吉《まさきち》
俊平配下の岡っ引き。

仁杉五郎左衛門《ひとすぎごろうざえもん》
南町奉行所の年番方《ねんばんかた》与力。町民の支持も厚い好人物。

堀口六左衛門《ほりぐちろくざえもん》
南町奉行所の同心。年番方で五郎左衛門の下役を務める。

遠山左衛門尉景元《とおやまさえもんのじょうかげもと》
北町奉行。幸内とは昵懇《じっこん》の間柄。

鳥居《とりい》耀蔵《ようぞう》　目付《めつけ》。
金井《かない》権兵衛《ごんべえ》　矢部家の家士頭。
近藤《こんどう》周助《しゅうすけ》邦武《くにたけ》　天然《てんねん》理心《りしん》流《りゅう》三代宗家。
浪岡《なみおか》晋助《しんすけ》　浪人。天然理心流の門人。半蔵と俊平の弟弟子。
孫七《まごしち》　忍者の末裔《まつえい》。
三村《みむら》右近《うこん》　南町奉行所の見習い同心。左近の双子の弟。
三村《みむら》左近《さこん》　右近の双子の兄。

【単位換算一覧】

一尺《しゃく》（約三〇・三〇三センチ）　一寸《すん》（約三・〇三〇三センチ）　一分《ぶ》（約〇・三〇三〇三センチ）　一丈《じょう》（約三・〇三〇三メートル）　一間《けん》（一・八一八一八メートル）　一里《り》（三・九二七二七キロメートル）　一斗《と》（一八・〇三九一リットル）　一升《しょう》（一・八〇三九一リットル）　一合《ごう》（〇・一八〇三九一リットル）　一勺《しゃく》（〇・〇一八三九一リットル）　一貫《かん》（三・七五キログラム）　一斤《きん》（六〇〇グラム）　一匁《もんめ》（三・七五グラム）　一刻《とき》（約二時間）　半刻《はんとき》（約一時間）　四半刻《し》（約三〇分）　等

第一章　半蔵独り旅

一

内藤新宿《ないとうしんじゅく》から甲州街道《こうしゅうかいどう》を八里ほど歩くと、多摩郡《たまごおり》の谷保村《やほむら》に着く。

関ヶ原の戦勝を記念して整えられた街道に沿い、東西になだらかな段丘が続く谷保村は湯島《ゆしま》、亀戸《かめいど》と共に関東の三大天神と名高い天満宮のお膝元。街道の南に社殿を擁《よう》する天満宮は、太宰府《だざいふ》の本社と同じく梅が名物である。

年始参りがてら梅見を楽しむ善男善女《ぜんなんぜんにょ》で賑《にぎ》わう名刹《めいさつ》も梅雨《つゆ》が明け、暑さも盛りを迎えた今は照り付ける陽射《ひざ》しを受け、石畳《いしだたみ》も熱を帯びる一方。

そんな谷保天満宮の裏で昼日中から、場違いな騒ぎが起きていた。

「そーれ、それ！」

中間《ちゅうげん》が蛮声を上げながら、長柄《ながえ》の槍《やり》を振り回す。

あるじが持たせた大事な槍を、おもちゃにしているのだ。

天保十二年（一八四一）の五月も後半。陽暦ならば七月の上旬。雲ひとつなく晴れ渡った夏空の下、その中間は酔いに任せて暴れていた。

火照《ほて》った顔に面皰《にきび》の跡が目立つ、二十歳《はたち》そこそこの若者だった。

肥えてはいるが、無駄に太いわけではない。紺看板と呼ばれるお仕着せの法被《はっぴ》を纏《まと》い、下帯を締めただけの半裸体の動きは敏捷《びんしょう》。腰も据わっており、重い槍を振り回す反動をものともしない。あるじの供をするのみならず護衛としても申し分なさそうだが、今は人々に迷惑をかけるばかりであった。

中間のあるじと思《おぼ》しき武士は止めようともせず、茶屋で酒を喰らっていた。

街道の休憩地である立場《たてば》に葦簀《よしず》張りの店を出し、旅人たちを相手に商《あきな》いをする茶屋である。

「うははは、愉快《ゆかい》、愉快」

好き勝手に暴れる光景を前にして、中年の武士はご満悦。

中間にも増してぶくぶく肥えた、品のない顔をしている。

武家の子ならば厳しく育てられたはずなのに自ら品を下げるのを憚《はばか》らず、店先の床机《しょうぎ》にあぐらをかいて、茶碗酒を呷《あお》っていた。

谷保村の一帯では、良質の地下水が得られる。

とりわけ名高いのは、社殿の北の泉から滾々《こんこん》と湧き出る常磐《ときわ》の清水。この主従は常磐の清水で冷やした索麪《そうめん》が名物の茶屋に寄り、亭主に無理を言って出させた酒を喰らっていたのだ。

街道を行き交う駕籠《かご》や伝馬《てんま》の中継地点でもある立場の茶屋では、求めに応じて茶碗酒ぐらいは供してくれるが、際限なく呑ませろと強制した上に一文も払わぬとは言語道断。

勇を奮って文句を付けた亭主は中間に殴られて気を失い、美人の内儀《ないぎ》は旗本《はたもと》に酌をさせられる始末であった。

「どうかご勘弁くださいまし、殿様っ」

「ふふふ、年増《としま》にしては愛《う》い物言いが似合うのう」

抗《あらが》う内儀の尻を、旗本はいやらしい手付きで撫《な》でている。

破廉恥漢《はれんちかん》に成り下がったあるじをよそに中間は調子に乗り、槍をぶんぶん振り回していた。

「いいぞぉ権助《ごんすけ》！　もっとやれーい!!」

ご機嫌にわめいた旗本は、内儀に注《つ》がせた酒をぐいとあおる。

将軍家に事あらば甲冑《かっちゅう》に身を固め、忠義のために戦う備えである槍をおもちゃにされて腹を立てるどころか、手放しに喜んでいた。

武士は己を厳しく律し、家来はもとより庶民にも隙《すき》を見せることなく範を示すのが有るべき姿。

その心がけをあるじが忘れていては、奉公人が増長するのも無理はない。

「ほれ、ほれ、どうだ！」

大きな顔を酔いに火照らせ、権助と呼ばれた中間は槍を振り回す。

突く真似《まね》をされた人々が逃げ惑うのを、嬉々《きき》として楽しんでいた。

「わっ!?」

「きゃあ」

運悪く来合わせた旅人たちが逃げ回る。

ふざけているだけだと分かっていても、相手は見境《みさかい》を無くした酔っ払い。手にした槍は本身であり。いつ手許《てもと》が狂って怪我《けが》をさせられてしまうか分からぬ恐怖が付きまとう。怯《おび》えるのも当然であった。

「ほれ、ほれ」

酔いに任せて権助は暴れ回る。

場をわきまえぬ騒ぎは境内《けいだい》を抜けた先の、参道まで聞こえていた。

「何事だ、騒々《そうぞう》しい」

編笠《あみがさ》の下でつぶやく男は石造りの一の鳥居を潜《くぐ》り、高台に設けられた参道から社殿に至る石段を下っているところだった。

身の丈が六尺近い男は夏物の野袴《のばかま》を穿《は》き、単衣《ひとえ》の着物に裏地を外した打裂羽織《ぶっさきばおり》を重ねていた。

蟇肌《ひきはだ》と呼ばれる塵除《ちりよ》けの覆いを掛けた二刀の鞘《さや》が、羽織の裾の割れ目から突き出ている。

袴を穿き、大小の刀を帯びているのは武士の証し。

並より高い背丈に見合って足も長く、定寸《じょうすん》の二刀が短く見える。

細身ながら、ひょろりとした印象は皆無であった。

日除けを兼ねた編笠の縁を持ち上げ、男は行く手に目を凝《こ》らす。

「……槍持ち中間を連れておるということは、甲府送りの旗本か」

騒ぎの現場を見届けた上で、ひとりごちる。

低い声は怒りを帯びていた。

足早に石段を下り、境内をとおり抜けていく。

急ぎながらも社殿の前で足を止め、一礼するのは忘れなかった。

二

「わはははは」

旗本の馬鹿笑いは、まだ止《や》まない。

「そーれ、それ!」

調子に乗った権助の狼藉《ろうぜき》も、収まる様子はなかった。

騒ぎを鎮《しず》めてもらおうにも、谷保村には役人が常駐していない。道案内と呼ばれる十手持《じっても》ちさえ居ないのは、街道に面してはいても宿場というわけではなく、旅人がとおり過ぎるだけの場所だからだ。

日野宿と府中宿の間に位置する谷保村には甲州街道に沿って青柳《あおやぎ》、上《かみ》谷保、下《しも》谷保と地名が付いている。

上谷保と下谷保の間に設けられた天満宮の周囲には別当の安楽寺《あんらくじ》と社務の六院が置

かれ、古《いにしえ》より土地の豪族として村を治めた津戸《つのと》氏が江戸開府後も宮司を仰《おお》せつかり、寺社領と定められた一帯の管理を任されていた。

宿場町の喧噪《けんそう》と距離を置く、のどかな農村に天神様こと菅原道真《すがわらのみちざね》公が祀《まつ》られたのは平安の世も終わりに近い、養和《ようわ》元年（一一八一）十一月三日のこと。御神体の座像は道真公が無実の罪で大宰府へ流刑に処されたのに伴い、京の都から追放されて津戸氏の預かりとなった三男の菅原三郎道武《さぶろうみちたけ》が、亡き父を慕《した》って自ら彫り上げたものである。

当初は谷保村と府中宿の間の天神島と呼ばれる中洲の祠《ほこら》に祀られ、道武の没後も津戸氏が代々護《まも》ってきた御神体が安置された社殿は古式ゆかしく、朝廷の官社に加わると同時に村上天皇から下賜された木彫りの狛犬《こまいぬ》をはじめとする、社蔵の宝物も数多い。

そんな伝統を持つ、神聖な場であるのを愚《おろ》かな主従はわきまえていない。そもそも社殿を拝してさえいなかった。

この旗本は長年の不行跡が祟《たた》り、江戸から追われたばかりの身。

向かう先は甲府である。

日本橋から内藤新宿を経て、調布、府中、谷保村、日野、八王子、さらに小仏《こぼとけ》の峠を越えた先の甲府までは三十六里。日に十里を歩けるほど旅慣れた者ならば三日半で踏破できる。甲府を三の付く日、江戸を八の付く日に出立《しゅったつ》し、決まった日程で行き来する三度飛脚の制度が整備されており、情報の伝達も早かった。

幕府が甲府の護りを重んじたのは、徳川将軍家に叛意を抱く西国の大名たちが万が一にも兵を挙げ、江戸へ攻めてきた折に備えてのことである。

甲府の防衛強化にとりわけ熱心に取り組んだのは、八代将軍の吉宗《よしむね》公。享保の幕政改革の一環として甲斐国《かいのくに》を天領に編入すると同時に甲府勤番制を敷き、戦国の乱世には武田氏のために忠義を貫いた旧臣たちの末裔《まつえい》で、今も変わらず郷土愛の強い地元の郷士を登用し、甲府城および城下町の警備を固めていた。

ところが近年は素行の悪い旗本に甲府勝手小普請《こぶしん》と称する御用を命じ、単身で長く赴任させる、体《てい》のいい厄介払いの人事が定着している。

勤める場所がどこであれ、徳川の天下を護るために力を尽くすのは将軍家直属の家臣たる、旗本にとっては当然の役目のはず。

しかし、現実には大半の者が自分の生活しか考えていない。

距離こそ大して離れていなくても勝手に江戸と行き来するのを許されず、下手をすれば死ぬまで戻れない、甲府勤番に廻されるのを忌避して止まなかった。

幼い頃から多くの家臣にかしずかれ、殿様と呼ばれることに慣れきって、華のお江戸で気ままに過ごしてきた大身旗本ほど田舎暮らしを嫌悪し、島流しならぬ山流しにされた気分で自暴自棄になり、事件を起こす場合も少なくない。

夕暮れ前の甲州街道で騒ぎを起こした旗本は、尚《なお》のこと質《たち》が悪かった。

まだ現地に着いてもいないのに昼日中から酩酊《めいてい》し、供の中間を暴れさせて悦に入るとは、呆《あき》れた馬鹿殿ぶりである。

愚行に及んだ動機も、馬鹿馬鹿しい限りであった。

どのみち行かねばならぬ赴任先だが、着いてしまえば新参の身ですぐに悪さができるものではない。甲府に慣れるまでは辛抱《しんぼう》し、上役への挨拶《あいさつ》回りや付け届けにも気を遣わなくてはならなかった。

ならば今のうちに、少しでも憂さ晴らしをしておきたい。

そんなくだらぬ考えの下に、立場で騒ぎを起こしたのだ。

宿場と違って街道の休憩所に過ぎず、邪魔をする役人も道案内も居ないと承知の上でのことだった。

「そーれ！」

権助の槍が唸《うな》りを上げ、逃げた旅人が落としていった菅笠を刺し貫く。

宙に投げたのを、三つ重ねて貫いたのだ。

「ははは、見事じゃ」

権助の腕前を褒《ほ》め称《たた》え、旗本は馬鹿笑い。

旗本の足元には、気を失った駕籠かきたちが倒れていた。

あるじの旗本を降ろして早々に権助が喧嘩《けんか》を売り、挑発に乗ってきたのをまとめて叩き伏せたのだ。

客をしつこく誘い、乗せてしまえば運び賃の割り増しや酒手（チップ）を平然と要求することから雲助《くもすけ》と呼ばれて恐れられる、強面《こわもて》の面々も形無《かたな》しだった。

かつて街道筋で幅を利かせた雲助どもが面目を潰《つぶ》すのは、これに始まったことではない。

甲州街道に限らず、武州《ぶしゅう》一円の治安はこのところ悪化の一途を辿《たど》っている。

江戸市中での取り締まりが強化され、我先に逃げ出した悪党が御府外で荒稼ぎをしているからだ。

江戸を捨てた博徒は宿場町を縄張りとする一家をものともせず、勝手に賭場《とば》を開いたり、ショバ代を取り立てている。盗賊は金目の物があれば見境なしに押し入って根こそぎ奪い、掏摸《すり》やかっぱらいは街道を行き来する旅人ばかりか、宿場や村の住人たちの懐《ふところ》にまで狙《ねら》いを付けて、稼ぎまくる始末だった。

そんな連中にも増して見境がないのは食い詰め者の浪人で、徒党を組んで山賊さながらの略奪を繰り返し、村々を恐怖に陥れている。

雲助どもの存在が霞《かす》むほど、昨今の武州は物騒極まりないのだ。

御府外の治安を守る代官や、その配下から選ばれた関東取締出役《かんとうとりしまりしゅつやく》も頑張ってはいるものの、広大な武州の隅々までは目が届かず、悪党どもの跳梁《ちょうりょう》を許すばかりであった。

斯様《かよう》な折こそ甲府勤番衆が前向きに、城下町を含めた甲州街道筋の人々のために力を尽くしてくれれば、感謝されて止まぬはず。

しかし、江戸から来る旗本どもはまったく役に立っていない。

赴任先で憂さ晴らしに悪事を働くだけにとどまらず、甲府に着く前から騒ぎを引き起こし、周りに迷惑をかけるばかりでは話にならなかった。

「ははは、いいぞ、いいぞ」

旗本は馬鹿笑いをしながら、空にした徳利《とっくり》をぶんと放る。

権助の槍から逃れた人々を狙い、わざと力を込めて投げたのだ。

酔っても狙いが正確なのは、宴席で同様の戯《たわむ》れに長年興じていればこそ。

度を超した吉原通《よしわらがよ》いを目付《めつけ》の鳥居耀蔵《とりいようぞう》に問題視され、甲府勤番を仰せつかるに至っていながら、毛ほども反省していない。

しかも銚子《ちょうし》より大きく重い徳利を、金と引き替えに馬鹿殿の座興の相手をすることに慣れた幇間《ほうかん》ではなく、とおりすがりの民に投げ付けるとはふざけた話。人の上に立つ身とは思えぬ、重ね重ね呆れた振る舞いであった。

西日が煌《きら》めく空の下、大きく弧《こ》を描いて徳利が飛ぶ。

「ひっ！」

悲鳴を上げたのは、十歳ぐらいの女の子。

旅人ではなく、粗末な身なりをした地元の農家の子どもだった。

両手に提げた水樽《みずだる》が邪魔になり、少女はとっさに動けずにいた。

夏場の野良仕事は喉《のど》が渇く。飲み水も竹筒に汲《く》むだけでは足りぬため、武州の農民は小ぶりの樽を畑に持参する。少女は炎天下で早々に空になってしまった樽を満たし、野良に出ている両親の許《もと》へ持って行ったところだったらしい。

大人ならば軽々と持ち運べる大きさでも年端《としは》もいかない女の子が、しかも二つも提げていれば動きを妨げられたのも無理はない。

つぶらな瞳を恐怖に見開いたまま、少女は凍り付く。

まだ大人のように髷《まげ》を結っていない、ぼさぼさのおかっぱ頭が恐怖に揺れる。

凶器と化した徳利が、唸りを上げて迫り来る。

小さな頭にぶち当たる寸前、ぱしっと大きな音がした。

駆け付けた男が長い腕を伸ばし、ぎりぎりのところで止めたのだ。

指の一本一本が節くれ立った武骨な手のひらを拡げ、その男は徳利をしっかりと受け止めていた。

「そなた、大事ないか」

「う、うん……」

澄んだ瞳に映った救いの主は、参道を駆け抜けてきた、旅姿の武士であった。

近くで見ると野袴越しに、腿《もも》の張りがたくましいのが見て取れる。

着物も袴も古びてはいるが、打裂羽織ともども埃《ほこり》じみてはいない。

まだ旅に出て間も無い身なのだ。

その点は徳利を投げた悪旗本も同じだが、こちらは全身が高価な絹物尽くしであるのに対し、この武士が着ているのはすべて木綿《もめん》物。

袴の脇から独鈷《とっこ》模様を覗《のぞ》かせた角帯も、本場の献上博多とは違う。同じ武州の越生などで多く産する安物の模造品を、恥じることなく帯びていた。

人の値打ちは外見だけでは分からぬものだ。

見ず知らずの少女を救った、浪人とも郷士とも見分けが付かぬ武士は、身分の高さ故に驕《おご》った旗本とは、同じ士分でも出来が違った。

だが、正しい者が必ずしも勝てるとは限らないのも世の常である。

「さ、早う行くがいい」

「おさむらいさま……」

少女が恩人の身を案じたのも無理はなかった。

甲府勤番に任じられた旗本が自棄《やけ》を起こし、街道筋で騒ぎを起こすのはこれが初めてのことではない。着任前に暴れるだけにとどまらず、公用で甲府を離れた折に憂さ晴らしで辻斬《つじぎ》りをしたり、女を襲う愚か者も後を絶たなかった。

そんな無法が罷《まか》り通るのは、腐っても御直参であればこそ。将軍直属の家臣である誇りを捨てた悪行に及んでいながら臆面もなく、悪旗本は生まれ持った威光を振りかざし、街道筋の民を恐れ入らせるのが常だった。

被害に遭った人々が訴え出たところで事件は揉《も》み消され、治安の維持に努める代官や関東取締出役も取り上げない。

恥ずべき所業が発覚すれば幕府の、ひいては将軍家の恥となるからだ。

しかし、この武士はまったく動揺していない。血走った目で睨《にら》み付けてくる悪旗本と権助を恐れもせずに、毅然《きぜん》とした態度を保ったままでいた。

「皆も早々に立ち去れい」

武士は少女を見送ると、怯える旅人たちに編笠の下から呼びかけた。

「あれなる御仁《ごじん》と供の者は、些《いささ》か酔うて正気を失うておるだけだ。拙者《せっしゃ》が謹《つつし》んでお諌《いさ》め申し上ぐる故、案じるには及ばぬ。されど、くれぐれも余計なことを触れ回っては相ならぬぞ」

「へ、へいっ！」

「ありがとうございます、お武家様！」

旅人たちは口々に礼を述べ、これ幸いとばかりに駆け出した。

意識を取り戻した雲助たちも、すかさず後に続く。

昼下がりの甲州街道は静寂に包まれた。

茶屋の親爺《おやじ》と内儀も、とっくに逃げ去った後である。

独り残った武士は、悠然と編笠を取る。

「ご無体《むたい》も程々になされませ」

目を血走らせた旗本の前に立ち、告げる口調も落ち着いていた。

「甲府御勤番が大儀なお役目なのは重々お察し申し上ぐるが、衆目の中で斯様な無体をなされては、ご身分に障りますぞ」

臆することなく苦言を呈する武士は、彫りが深く男臭い顔立ちだった。

凛《りん》とした瞳と太めの眉《まゆ》が、意志の強さを感じさせる。

肌の色は浅黒く、精悍《せいかん》な雰囲気を漂わせている。

下肢ばかりでなく全身が鍛え込まれており、胸板の張りも厚い。

日頃から鍛錬を心がけ、素振りをするときも背中を伸ばし、木刀であれ竹刀《しない》であれ、両肩を支点にして正しく打ち振るう癖を付けていなければ、ここまで胸筋は発達しないはずだった。

鍛えられているだけではなく、勘働きにも隙がない。

背後から迫り来た権助の殺気に応じ、速やかに向き直っていた。

「この野郎！　殿様に無礼な真似をしやがって!!」

怒号を上げて繰り出す槍をかわしざまに、がっと長柄をつかんで押さえ込む。

「無礼なのは、おぬしのほうだ」

「何……だとぉ……」

「あるじの槍を軽々しゅう弄《もてあそ》ぶとは、分をわきまえぬにも程があろうぞ」

「ふざけるない！　てめぇみてぇなサンピンが、お武家を気取るんじゃねぇ!!」

「何も気取ってなどおらぬ。物の道理を説いただけだ」

「へっ、道理も糞《くそ》もあるかってんだい」

得物を封じられながらも、若い中間は負けん気十分。

相手はあるじより格下と見なし、軽んじているのだ。

対する武士は落ち着いていた。

「それがしを馬鹿にいたすは構わぬが、これ以上の無法は許さぬぞ」

告げる口調は穏やかだったが、権助に向けた視線は鋭い。

「てめぇの知ったことか！」

負けじと権助は吠え猛る。

「話にならぬな」

気迫を込めた視線をそのままに、武士はつぶやく。

「ならば、体で思い知るがいい」

厳しく告げるや、武士は摑《つか》んだ長柄を引き寄せる。

膝を緩めて重心を保ち、体勢を安定させて為したことだった。

「うわ!?」

驚愕《きょうがく》の声を上げるや、権助はどっと地べたに叩き付けられた。

体の軸が崩れた隙を逃さず、武士が足払いを食らわせたのだ。

倒れ込んだところに、ずんと拳《こぶし》を叩き込む。

たちまち権助は気を失い、緩んだ手から槍が離れる。

武士は息ひとつ乱さず槍を拾い上げ、旗本の足元に横たえた。

「御免《ごめん》」

啞然《あぜん》とした旗本に一礼し、踵《きびす》を返す。

元来た参道に戻るつもりなのだ。

これほどの腕前ならば、主従をまとめて懲《こ》らしめることもできたはず。

しかし、それ以上の荒事を演じようとはしない。

柄《つか》を覆った蟇肌を、外そうともせずにいた。

三

「待てい」

編笠を片手に歩き出した武士の背中に、怒号が浴びせられた。

気を取り直した旗本が怒りに任せ、独り後を追ってきたのだ。

床机に放り出していた刀を左腰に帯び、眦《まなじり》を決している。

「そこに直れ、下郎」

参道で足を止めた武士を見返す、旗本の表情はぎらついていた。

酔いに任せた狼藉を阻止されただけのことで、そこまで怒ったわけではない。

腕自慢の中間を一蹴《いっしゅう》した実力を見せつけられても引き下がらず、執拗《しつよう》に追ってきたのは、確たる理由あってのことだった。

「権助に浴びせし当て身を見て分かったわ。うぬが流儀は天然理心流《てんねんりしんりゅう》……試衛館《しえいかん》の門人であろう！」

「さて、一向に存じませぬな」

「この俺に二度まで大恥を掻《か》かせておいて、とぼけ通すつもりかっ!!」

「どういうことでございまするか」

「うぬが師匠に訊《き》くがよい。生きて帰しはいたさぬがな」

「馬鹿な真似はお止めくだされ」

威嚇《いかく》されても変わることなく、武士は静かな面持《おもも》ちで答えるばかり。

しかし、悪旗本は収まらない。

「うぬっ、田舎剣術如きを学びし輩《やから》の分際で偉そうに……」

酔いが醒めた顔に怒りをみなぎらせ、鋭く睨み付けてくる。

六尺近い武士には及ばぬまでも、背が高い。

重心を低くした立ち姿は安定していた。両の腕を体側に下ろし、いつでも左腰の刀に手を掛けられる姿勢を取っている。

焦《あせ》って斬りかかれば権助の二の舞になると承知していればこそ、ぎりぎりまで抜くことなく、気迫で圧倒するつもりなのだ。

それなりに腕が立つと見受けられたが、人格は最低と言わざるを得ない。

昼日中から大酒を喰らい、中間を暴れさせるだけでは飽き足らず、とおりすがりの少女まで痛め付けようとするとは、旗本の風上にも置けぬことであった。

それでも、武士は進んで手を出そうとはしなかった。

「御免」

いきり立つ旗本に再び一礼し、背を向けて歩き出す。

「おのれ！　まだ話は終わっておらぬわっ」

武士の後をしつこく追いかけ、旗本は天満宮の境内に入っていく。

常磐の清水、そして社殿の北に祀られた厳島《いつくしま》神社の祠に背を向け、社殿の脇をとおり抜けて左に曲がれば二の鳥居。

この二の鳥居を潜り、石段を昇った先が、甲州街道に面した一の鳥居である。

石段を上り、武士が足を向けた先は梅林。

どこの天満宮でも見受けられる紅白の花梅は、在《あ》りし日に梅の花をこよなく愛した菅原道真公を偲《しの》んで植えられたものである。

谷保天満宮の梅林は境内を一望できる、小高い丘の上に拡がっていた。

およそ一千坪の林の正面は、見渡す限りの田圃《たんぼ》。

秋の刈り入れを前にして、実りも豊かな稲の穂が揺れる先には、多摩の山々が連なっている。

長閑《のどか》な光景を前にして、ふっと武士は微笑《ほほえ》んだ。

「ここで会うたが百年目ぞ！　師匠に代わりて勝負せい!!」

食い下がる旗本に構うことなく、眼下の風景を眺めやる。

梅林に西日が射している。

剪定《せんてい》の行き届いた細枝をざわっと揺らし、涼しい風が吹き抜けていく。

（東風《こち》吹かば……か）

道真公の遺《のこ》した歌を思い起こし、微笑む横顔も懐かしさに満ちていた。

郷愁を覚える理由など、怒り狂った悪旗本には知る由《よし》もない。

「おのれ、何を笑《わろ》うておるのか！」

怒号を上げるや、旗本が鯉口《こいぐち》を切った。

抜き放たれると同時に、定寸の刃が武士を襲う。

鞘《さや》の内《うち》で刃筋《はすじ》を定めた抜き打ちであった。

刀勢の乗った一撃が右肩口に迫る。

骨ごと斬り割らんとした寸前、重たい金属音が響き渡る。

「うぬっ……」

ぎらつく西日の下、旗本が悔しげに歯噛《はが》みする。

渾身《こんしん》の一撃は、武士が抜き上げた刀身に受け止められていた。

眼下の風景を眺めながらも油断なく、柄の蟇肌を外していたのだ。

そして背後の旗本に向き直りながら鯉口を切り、腰が正面に来ると同時に抜き放った刀を横一文字にして、凶刃を阻んだのである。

これは攻めるためではなく、防御のための抜刀術。

鞘を引き絞っての抜刀は、速いだけではなく正確そのものだった。

柄を支える力も、旗本を上回っている。

「む？」

押し返さんと脂汗を流す旗本が、驚きの声を上げた。

武士が手にした刀に、刃が付いていないことに気付いたのだ。

「な……何故《なにゆえ》に、刃引《はび》きなど帯びておるのか……？」

「貴公如きがお相手ならば、これにて十分にござろう」

淡々と告げながら、武士は腰を入れて押し返す。

「うおっ!?」

合わせた刀を打《う》っ外《ぱず》され、たちまち旗本は前によろめく。

間を置くことなく、反転した刃引きが袈裟《けさ》懸《が》けに振り下ろされる。

「ぐ……」

首筋を軽く打たれた瞬間、悪旗本の意識は絶たれていた。

真剣ならば、瞬時に致命傷を与えていただろう。

しかし本身は斬ろうと焦るほど、思うように振るえない。

心ならずも巻き込まれた、初めての真剣勝負で相手を斬れず、使い慣れた竹刀で打ち倒して窮地を脱して以来、武士は戦いに刃引きを用いてきた。

勘定所《かんじょうしょ》勤めの朋輩《ほうばい》たちの如く、形だけ帯びるのであれば、本身であっても差し支えはあるまい。役目の上で抜くことは有り得ぬため、身分の証しとして錆《さ》びぬように気を付け、誤って鞘走らぬように鞘を手入れすることさえ心がけていれば何の問題もないからだ。

されど、この武士は戦いの日々を送ることを課せられている。刀を得物として敵を確実に制することを求められるとなれば、いっそのこと刃を潰して斬れなくした、刃引きを用いたほうがいい。

有無を許されず命じられたわけでもないのに、なぜ好んで刃傷沙汰《にんじょうざた》に及ばんとする者が多いのか。

しかも相手が弱いと見なしたときしか勝負をせず、高い身分を笠に着て、乱暴狼藉に及ぶなど呆れ果てたことである。

望まずして乱世に生まれ、命を捨てて戦い、死んでいく宿命を背負った戦国の武者たちの無念を思えば、そんな輩を武士とは呼びたくない。

まして自分より格上の旗本となれば、気が滅入る。

「愚かな……」

足下で気を失った旗本に憂いを帯びた眼差《まなざ》しを向けつつ、武士は刃引きを鞘に納めていく。

そこに宮司たちが駆けてきた。

「お前さまは、近藤《こんどう》先生の……」

「ご無沙汰しており申す」

襟を正して挨拶をする武士の名は笠井半蔵《かさいはんぞう》、三十三歳。

百五十俵取りの旗本として幕府の勘定所に代々務める、笠井家の婿《むこ》であった。

四

半蔵は失神した旗本を社務所まで担いで運び、厳重に縛り上げた。

格下とはいえ同じ直参、しかも恥ずべき所業に及んだところを諫めたからには縄を打っても咎《とが》められはしない。

権助も同様にし、目を覚ましても抵抗できぬようにする。

「されば、後はよしなに」

そう言い置いて足早に去ったのは、先を急ぐ旅であるが故だった。

勘定奉行の梶野土佐守良材《かじのとさのかみよしき》から密命を下された半蔵は、甲州街道を荒らし回る悪党どもを人知れず退治すべく、影御用の旅に出たばかり。

大手御門内の下《しも》勘定所を後にして四谷の大木戸を潜り、内藤新宿を発《た》ったのは一昨日の昼下がり。八里ほどしか離れていない谷保村まで来るのに時がかかったのは途中で二泊したが故のことだった。

旅の支度《したく》一式は、良材から指示された別室にあらかじめ調《ととの》えられていた。

出仕《しゅっし》用の裃《かみしも》と熨斗目《のしめ》の小袖、半袴を脱がされ、筋骨たくましい長身にまとったのは着古したかの如く見せかけた、洗い晒《ざら》しの単衣と野袴。

併せて用意されていた糸と針、麻綱、蠟燭《ろうそく》、燧石《ひうちいし》と付木、折り畳み式の小田原《おだわら》提灯《ちょうちん》に自前の矢立と扇子、印籠《いんろう》、そして良材から下げ渡された路銀を加えた道中の必需品を武者修行袋にまとめて腰に巻き、足拵《あしごしら》えは草鞋《わらじば》履き。

大小の二刀に被《かぶ》せた蟇肌も、貸し与えられたものである。

半蔵は、武者修行中の剣客を装って旅をするように命じられていた。

当人の資質を踏まえた、良材の判断である。

この武州一帯では、剣術が盛んに行われている。

とりわけ多摩郡で人気が高い天然理心流では、創始された当初から宗家の近藤内蔵《くら》之助長裕《のすけながひろ》が江戸に道場を構える一方、市中を離れた武州まで指南に赴いて、土地の農民に稽古《けいこ》を付けてきた。

以来、天然理心流の宗家の座は多摩育ちの農民に受け継がれている。

長裕の亡き後を継いだ二代宗家の近藤三助方昌《さんすけのぶあき》は、後の世の東京都八王子市に当たる戸吹《とぶき》村、そして三代宗家の近藤周助邦武《しゅうすけくにたけ》は同じく町田市に当たる小山《こやま》村で生まれた、それぞれ名主の息子であった。

かくして多摩郡に根付いた天然理心流は、江戸市中で高名な流派の剣術を学び修《おさ》めた武士、とりわけ直参旗本や御家人の子弟たちから馬鹿にされている。

三代宗家の周助が二年前、天保十年（一八三九）に市谷《いちがや》の柳町《やなぎちょう》に開いた試衛館には、田舎剣術と侮《あなど》って道場破りに乗り込んでくる者も少なくない。

亡き三助から教えを受けた半蔵は周助の直弟子《じきでし》ではなかったが、左様《さよう》な騒ぎが起きるたびに試衛館まで出向き、道場破りを相手取るのが常だった。

半蔵に挑んできたのは、そんな愚かな旗本の一人なのだ。

自信満々で周助に勝負に臨んで返り討ちにされたのを恥辱とし、ずっと忘れずにいたのだろう。重ね重ね、愚かと言うしかない。

相手がひとかどの武士ならば、それなりに敬意を払う必要もある。

しかし天然理心流に難癖を付けてくるのは、多少は腕が立っても人格が最低の輩ばかりであった。

剣術を通じて体を鍛えるだけでなく精神も修養されていれば、他流派を安易に軽んじるような真似はしない。まして弱者をいじめたりするはずがなかった。

天保の世の武士は、値打ちが下がる一方である。

この体《てい》たらくでは、老中首座の水野《みずの》越前守忠邦《ただくに》がどれほど武芸を奨励しようと無駄なこと。

八代吉宗公と松平定信がそれぞれ断行した享保と寛政の改革を手本とし、幕政の刷新に尽力する忠邦の苦労が水泡に帰するのは、目に見えていた。

そんな上《うえ》つ方《かた》の姿勢はどうであれ、半蔵は先を急がねばならない。

こたびの旅は影御用であると同時に、己を磨くための道中でもあるからだ。

未熟な者と自分を引き比べ、自分はまだ恵まれていると思うばかりでは、人は成長し得ぬもの。

剣客も同様であり、強い相手に敗退したままではいられないのだ。

半蔵は、過日に手痛い敗北を喫《きっ》している。

左近《さこん》と右近《うこん》の三村《みむら》兄弟、とりわけ兄の左近は類《たぐ》い希《まれ》な手練《てだれ》だった。

人柄は凶悪な弟の右近より錬《ね》れていると見受けられたが、斬り合いに困憊《こんぱい》して動けなくなった半蔵にとどめを刺そうとする、非情さも持ち合わせていた。

辛《かろ》うじて一命を拾うに至ったのは、右近が動けぬ半蔵を嘲《あざけ》るだけ嘲り、殺す値打ちもないと見なして去ったからだった。

この恥辱を、晴らさずにはいられない。

道場破りを挑んで返り討ちにされたのとは、次元が違う。

刀を取る身の誇りを取り戻すために、三村兄弟と対等に渡り合い、圧倒できる強さを手に入れなくてはなるまい。かくなる上は進んで修羅場に身を置き、真剣勝負の場数を踏んで腕を磨くべし。

左様に決意した上で、半蔵は良材から命じられた影御用の旅に出立したのだ。

そんな個人の思惑《おもわく》とは別に、武州の治安を取り戻すことは己が果たすべき責であると半蔵は自覚していた。

博徒に掏摸、無頼の浪人といった連中が御府外に逃れたのは、他ならぬ半蔵が市中での悪党退治に励《はげ》みすぎたのが災いしてのことでもあったからだ。

半蔵は新任の南町奉行である矢部《やべ》駿河守《するがのかみ》定謙《さだのり》をかねてより敬愛しており、検挙率を向上する手助けになればと、良材から命じられてもいないのに影御用として勝手に悪党どもを退治してきた。その結果、荒稼ぎができなくなった連中が江戸から一斉に逃亡し、市中が平和になった代わりに武州が危機に晒されたのだ。

心ならずのこととはいえ、悪党どもを野に放った以上は、改めて成敗しなくてはなるまい。

多摩郡は半蔵が十代の大半を過ごした、愛着深い土地でもある。

第二の故郷とも言うべき武蔵野の大地に生きる人々を、この手で救いたい。

揺るぎない決意を胸に秘め、半蔵は谷保村を離れた。

悪《あ》しき主従は宮司を介し、すでに府中宿の役人に引き渡されたことだろう。

腐っても御直参とあっては無下《むげ》には扱われず、息を吹き返したら甲府へ向けて丁《てい》重《ちょう》に送り出されるはずである。性根を叩き直されるには至らぬまでも、少しは薬となったに違いない。

すでに半蔵は調布で布田《ふだ》五ヶ宿を乗っ取ろうとした博徒一家を、府中では大国魂《おおくにたま》神社の境内を荒らす掏摸の一団を退治し終えていた。

愚かな旗本を懲らしめたのは、行きがけの駄賃のようなもの。

これから赴く先には、上を行く悪党どもが跳梁しているのだ。

夕日にきらめく多摩川を船で渡り、日野宿を経て目指す先は八王子。

半蔵にとっては天然理心流の稽古に明け暮れた修行の地であると同時に、青春の日々を送った、懐かしき地であった。

第二章　意地焼く愛妻

一

新年に限らず、夜明けの空は神々《こうごう》しい。

御来光《ごらいこう》が射し始めると同時に、少しずつ夜の帳《とばり》が上がっていく光景は壮観そのものである。

朝焼けの空の下に拡がるのは、見渡す限りの武家屋敷。

江戸城の御濠《おほり》に近い、神田《かんだ》の駿河台《するがだい》だ。

お茶の水の南に当たる一帯は、大半が武家地と定められている。明暦の大火を機に本所と深川の宅地化が進められ、市街地が大川東岸に拡大した後も、駿河台を含む江戸城近辺の高台では、少なからぬ数の旗本が暮らしていた。

百五十俵取りの小身にすぎない笠井家が公儀から拝領している屋敷は、隣近所の大身旗本の邸宅とは比べるべくもない、簡素な造りだった。

門構えは冠木門《かぶきもん》で、脇には番小屋も見当たらない。

砂を詰めた徳利《とっくり》をぶら下げて重りにし、入るときに押し開ければ勝手に閉まる仕組みの、俗に言う徳利門番の造りである。

そんな小さな屋敷でも、庭から見上げる景観は変わらない。

御来光を浴びながら、富士山は今朝も凜然《りんぜん》とそびえ立っていた。

東照大権現こと徳川家康公が江戸入りした当初、神田の一帯は柳原《やなぎはら》に至るまで小高い山になっており、地元の駿河国さながらに富士を望むことのできる丘陵《きゅうりょう》が駿河台と命名されたという。徳川子飼いの臣である直参旗本たちの屋敷を建てるために丘陵が削られ、一帯が宅地と化した後も眺めは格別だった。

御来光と富士の山を仰ぎ、佐和《さわ》は一心に祈りを捧げていた。

「天照大神《あまてらすおおみかみ》様、阿弥陀如来様、東照大権現様……。わが夫、半蔵を無事にお返しくださいますよう、謹んでお願い申し上げまする」

静謐《せいひつ》な空気の漂う庭に立ち、厳《おごそ》かに手を合わせる姿は、今年で二十七歳になるとは思えぬほどに若々しい。

切れ長の目を閉じた顔はきりっと凛々《りり》しく、体つきも新婚当初から変わることなく均整が取れていた。

帯をきっちりと締めた腹は引き締まっており、胸乳《むなち》は程よく大きい。

梅雨が明けてから日焼けに気を付けている甲斐あって、肌は相変わらず抜けるように白く、みずみずしい。

武家の妻女の嗜《たしな》みとして佐和は必要以上に華美な装いをせず、化粧も薄い。

それでも見栄えがいいのは、整った目鼻立ちと肌の白さに加えて、気力が充実していればこそである。

美しい顔を御来光に照らされつつ、佐和は一心に手を合わせる。

寝坊をしがちな夫に代わって続けてきた、十年来の習慣だった。

夜明け前に起床して朝日を拝み、神仏に挨拶した上で武運長久と武芸の上達を願うのは、刀を取る身ならば誰もが心がけて当然のこと。

果たして、夫は旅の空の下で御来光を欠かさず浴びているのか。

自分が目を光らせていないからといって、戦国の昔からの武士の習いを忘れてしまってはいないだろうか。

半蔵が御用の旅に出て、今朝で三日目。

案じながらも気丈に帰りを待とうと、佐和は心に決めていた。

心配すればキリがない。

訳が分からぬ状況だからこそ、待つ身としては平静を保つのを心がけ、普段と同じように過ごさなくてはなるまいと考えていた。

なぜ夫が勘定所への出仕を急に差し止められた上で武州に旅立ったのか、佐和は理由をまったく聞かされていない。

すべては勘定奉行である、梶野土佐守良材からの指示だという。

上役の命令となれば断るわけにいかなかったのだろうが、旅支度をするために屋敷へ戻ることも許さずに出立させるとは、解《げ》せない話であった。

笠井家の当主は三河以来の旗本として、平勘定職に代々就いてきた。

大手御門内の下勘定所に毎日出仕し、刀槍《とうそう》を振るう代わりに算盤《そろばん》を弾《はじ》くことで父祖代々、将軍家に御奉公してきたのだ。

婿に迎えた半蔵と佐和を妻合《めあ》わせ、夫婦揃《そろ》って深川にて隠居暮らしを楽しんでいる父の総右衛門《そうえもん》も、亡くなった祖父の源一郎《げんいちろう》も、現役の頃は夜明け前から出仕に及び、日々の御用にコツコツと精勤していたものである。

勘定所の役目を果たすための旅ならば、佐和とて不審には思わない。

しかし、半蔵が命じられた御用はどこかおかしい。

天領の財政を管理するのも大事な役目とはいえ、平勘定が現地に、しかも治安が悪化していると噂《うわさ》の絶えぬ武州の地に、単独で派遣されるはずがなかった。

同じ勘定奉行の支配下に属していても、半蔵は関八州《かんはっしゅう》の安全を守るために悪と戦う、関東取締出役とは違うのだ。

やはり梶野良材は本来の役目には非《あら》ざることを御用と偽り、夫を利用しているのではあるまいか。

そんな疑いを常々抱いていた佐和は、半蔵が急な御用を命じられて旅に出たと駿河台の屋敷まで知らせに来た勘定奉行付きの小者を引き留めて、思い切り疑問を投げかけたものだった。

懸命に問い詰めた佐和に根負けし、孫七《まごしち》と名乗った小者が明かしてくれたのは夫が武州の地を巡る旅に出立したことと、江戸に戻るのは一月《ひとつき》後になる見込みということのみ。

ますます怪しいと疑わざるを得なかった。

半蔵が命じられた「御用」が何であれ、東海道を京まで行って戻ってくるのであれば、これほど長期に亘《わた》って勤めを休ませるのも致し方あるまい。

だが、武州は江戸の近郊。

さすがに甲府まで足を伸ばせば泊まりがけにならざるを得ないだろうが、多摩川の手前辺りであれば日帰りで行き来ができるはず。

半蔵と同じく天然理心流を学び修め、今は南町奉行所の廻方《まわりかた》同心を務める高田俊《たかだしゅん》平《ぺい》などは師匠の近藤周助邦武が市谷の柳町に道場を構えるまでは足繁《あししげ》く、防具と竹刀《しない》に加えて独特の太く重たい木刀も担いだ上で、現地での稽古に毎日の如く通っていたという。

若い俊平には及ばぬまでも、半蔵とて健脚である。

甲府でさえ日本橋から三十六里しか離れていないというのに、良材は一月もの時を費やさせ、甲州街道筋で何をさせるつもりなのだろうか。

もしも関東取締出役の手が足りずに増員を送るためだとしても、勘定所勤めの配下にわざわざ白羽《しらは》の矢を立てる必要は無いはずだ。

やはり半蔵は御用であると良材に騙《だま》され、表沙汰《おもてざた》にできない事の始末を、以前から押し付けられていたのではないだろうか。

半蔵はそこそこ剣の腕が立つ反面、昔からお人好《ひとよ》しなところがある。

狡猾《こうかつ》な考えの下で利用するには、もってこいの人材なのだ。

左様《さよう》に判じれば、かねてより行動に不審な点が見られたことも得心できる。

このところ、半蔵は帰宅が遅くなりがちだった。

勘定所勤めに身が入らず、佐和に毎日説教をされてばかりいて萎《な》えていた往時ならばともかく、夫婦の仲が睦《むつ》まじくなってからも深夜まで、しかも毎晩出歩く気分になっていたとは思えない。

自分の知らないところで、半蔵は危ない橋を渡っているのではないか。

なまじ剣の腕が立つのが災いして目を付けられ、本来ならば勘定所勤めの立場で任されるはずもない、危険なことをさせられているのではあるまいか。

そうだとすれば、取り乱してはなるまい。

御来光を浴び、神仏に御加護を願った上は、今日も心穏やかに過ごすべし。

斯様に思っていながらも、胸の内には不安が募《つの》る。

朝日が昇る東の空に向き直り、佐和は改めて手を合わせた。

「南無……」

念仏を唱える表情は真剣そのもの。

美しい顔を引き締めて、夫の無事な帰りを一心に祈るばかりであった。

二

その頃、半蔵は高尾の山頂に立っていた。

まだ表が暗いうちに八王子宿の旅籠《はたご》を発ち、日が昇るまでに登頂すべく、山道を一気に駆け上ってきたのである。

「久方ぶりだな……」

頬を伝う汗を払い落としつつ、半蔵は微笑《ほほえ》む。

十年ぶりの眺望だった。

霧《きり》さえ立ち籠《こ》めていなければ、富士山から多摩の丘陵、さらには江戸市中まで一望できるはずだが、今朝は御来光を拝めただけで満足していた。

木々の香りを孕《はら》んで吹き抜ける風は芳《かぐわ》しく、昇る朝日は駿河台から眺めるよりも神々しい。

懐かしさがあればこそ、余計にそう思えるのだろう。

謹んで拝礼を終えると、半蔵は踵《きびす》を返す。

並の者の倍の速さで踏破した山道を、休息もそこそこに下っていく足の運びは汗まみれになっていても力強い。

御来光を浴びる前には食事はもとより洗顔もしないのが作法だが、昨夜のうちにしっかり腹拵《はらごしら》えをし、入浴して体の筋もほぐしてあるので大事はなかった。

あれから多摩川を越え、日野から一里と二十七町四十九間《けん》の夜道を歩き通して八王子の宿場町に入った半蔵は、早々に旅籠に上がって草鞋《わらじ》を脱いだ。

八王子の戸数は千軒余り。甲州街道沿いに旅籠が軒を連ねる一方で、宿場町の喧噪から離れた千人町には武蔵と甲斐の国境を警備する、八王子千人同心の屋敷が建ち並んでいる。

かつて武田氏に仕えた地元の郷士たちから成る千人同心は、甲府勤番とは別に幕府が設置した江戸の護《まも》り。

万が一にも西国の諸大名が謀反《むほん》を起こし、甲府から八王子へ攻め入ったときに備え、日頃から調練を怠《おこた》らないが、ふだんは半士半農の郷士として、それぞれの家が持つ田畑の耕作に励《はげ》むのが習いである。

そんな千人同心の生き方は、故あって少年の頃に八王子宿近くの戸吹村へ身を寄せ、二十歳を過ぎて笠井家の婿に迎えられるまで、剣術修行と野良仕事に明け暮れた半蔵にとって、何とも好もしいものだった。

地に足が着いた暮らしぶりこそ、江戸で軽佻浮薄《けいちょうふはく》に過ごすのを好み、甲府勤番に任じられたぐらいで自棄になって事件を起こす、当節のチャラチャラした旗本とは比べるべくもない、鎌倉から戦国の世までは当たり前だった、武士本来の姿に近いと思えたからだ。

合戦が日常だった時代の武士は、戦場で一人でも多くの敵を討ち取ることしか頭に無く、極楽往生など最初から考えてもいなかった。

敵将の首を取って手柄にするのも、後の世の浅薄な価値観で解釈されるように私利私欲を満たしたいからではない。固い絆《きずな》で結ばれた主君とその一族、そして領民を生かすためならば、自分はいつ死んでもいい。そう思えていればこそ、敵に対しては幾らでも非情に徹することができたという。

それでいて平時は無益な殺生《せっしょう》を避け、率先して鍬《くわ》や鋤《すき》を手に取り、野良仕事に励む労を厭《いと》わなかったのも古の武士の持つ、偽らざる一面だった。

むろん上つ方は食い扶持《ぶち》を自ら稼ぐには及ばず、大名や旗本は昔も今も下々のために善政を敷いてくれれば十分なのだが、同じ旗本であっても下《しも》つ方《かた》に属する半蔵にとっては八王子の郷士たちの昔ながらの生き方のほうが好もしく、手伝いをして日々を過ごすのも、まったく苦にならなかったものである。

だが、近年は当地の暮らしぶりも変わってきた。

半蔵が居た頃から目立ちつつあったことだが、千人同心には名産品の絹織物の売買を副業とする者が多い。

妻や娘に内職で反物を織らせ、四と八の日に立つ市《いち》で売りさばくばかりでなく隣国の甲斐に出向き、仕入れた品々をわざわざ江戸市中まで卸しに行くのだ、
太平の世が長らく続き、もはや謀反を起こして江戸を攻める大名が現れるはずもないと思えばこそ安心し、実入りのいい織物を商って金稼ぎに励みたくもなるのだろうが、何とも嘆かわしいことだった。

その点、師の近藤三助方昌が亡き後に半蔵が教えを受けた兄弟子で、千人同心の家へ養子入りした増田蔵六《ますだぞうろく》は、根っからの剛直の士である。商人じみた副業に励むよりも、屋敷内に構えた道場に立つのを専《もっぱ》らとし、天然理心流の後進を育成するのに余念がない。

もとより尊敬に値《あたい》する上に、半蔵にとっては格別の指導を仰いだ恩人の一人である。

本来ならば八王子に着いた昨夜のうちに訪問し、十年もの無沙汰を詫びるべき相手だった。

しかし、半蔵は敢《あ》えて蔵六を訪ねようとはしなかった。

に上がったのだ。
千人町ばかりか戸吹村にも最初から立ち寄ろうとせず、宿場町に入って早々に旅籠
不義理な真似をせざるを得なかったのは、足を運んでも歓迎されず、門前払いには
されないまでも、気を遣わせるばかりだと分かっていたからである。
それは八王子に来る前に立ち寄った、調布と府中の知人たちの許で半蔵が思い知ら
された、厳しく寂しい現実だった。
何事も、しかるべき理由があってのことである。
戸吹村で代々の名主を務める二代宗家の近藤三助方昌に預けられ、その三助が若く
して亡くなった後は蔵六らの指導の下で腕を磨いてきたものの、半蔵は天然理心流の
門人ではない。
十歳そこそこだった少年のとき、故あって江戸の実家から出されたのを私的に預か
り、親代わりに養育しながら武芸の手ほどきをしたという扱いのため、実際は十年の
修行を積んだ免許者並みの実力を持っていながら、入門して一年半ほどで得られる、
初歩の伝書である切紙《きりかみ》さえ授かっていない。
入門するに至らなかったのは、他ならぬ宗家の三助自身の考えだった。
田舎剣術と揶揄《やゆ》されて止まずにいる流派の剣を、庶子とはいえ名のある旗本の息子

が正式に学んだと世間に知れては、将来に差し支えてしまう。

斯様に気遣って門下に加えぬまま、稽古を付けるのみにとどめたのだ。

半蔵の生家は、直参旗本の村垣《むらがき》家。

八代将軍の吉宗公に紀州藩士から抜擢《ばってき》され、旗本として公儀の御庭番を務めてきた一族である。

代々の当主の中で破格の出世を遂げたのが、半蔵の祖父に当たる村垣定行《さだゆき》。

御庭番として諸国探索で実績を上げたのを認められ、勘定吟味役《かんじょうぎんみやく》から松前奉行を経て作事奉行、さらには勘定奉行にまで上り詰め、淡路守《あわじのかみ》の官名を授けられた定行も、すでに故人。

そんな村垣一族の出世頭が晩年に最も心を砕いたのは、不憫《ふびん》な孫――半蔵の身が立つように取り計らってやることだった。

（この身があるのも祖父様のおかげというもの……せっかく武州までやって来たと申すに、自棄を起こしてはなるまい……）

下山途中に金比羅台《こんぴらだい》から江戸方面の空を仰ぎつつ、半蔵は思った。

半蔵は、隠居した定行から村垣の家督を継いだ範行《のりゆき》が、奥女中に手を付けたがために誕生した身。

村垣家の嫡男として、家の後継ぎにと望まれて生を受けたわけではない、不遇な子どもであった。

唯一の味方は不甲斐なくも優しかった範行の愛情に応えて懐妊し、正室の悋気《りんき》を被って屋敷から追い出されてもくじけずに、天涯孤独でありながら独りで赤ん坊を産み育てようと決意した母の珠代《たまよ》だったが、半蔵を出産するのと同時に命を落としてしまっていた。

不憫に思った範行は築地《つきじ》に屋敷を構える村垣家に半蔵を引き取ったものの、血の繋がらない赤ん坊は正室に可愛がられぬまま成長し、四歳違いの範正《のりまさ》が新たに嫡男として生まれてからは、いじめがますますひどくなる始末。

正室は自ら腹を痛めた範正ばかり贔屓《ひいき》し、半蔵に理不尽に体罰を加えるばかりでは飽き足らず、愚《おろ》かに育てようとした。

旗本の子弟の心得である武芸も学問も習得させぬため、道場にも手習い塾にもわざと通わせようとせず、捨てることが許されぬのであれば、このまま飼い殺しにしてやろうと目論《もくろ》んだのだ。

子どもに心身を鍛えるのを含めた教育を受けさせず、衣食だけ与えて放置するのは育児ではなく、動物を飼育するのにも等しい所業。

義理とはいえ、人の親として為すべきことではない。

それほどまでに夫の心を奪った珠代が憎かったとはいえ、憎悪の対象にされてしまった半蔵こそ気の毒な限りであった。

幸いにも、半蔵は生まれながらに丈夫で気性も明るい質《たち》だった。

義母の正室からいじめを受けても根に持たず、中間の政吉《まさきち》を始めとする屋敷の奉公人たちに庇《かば》われながら、腹違いの弟の範正とも仲良く遊んで毎日を過ごしていたが、このままでは野猿に育ってしまう。

後になって困るのは、半蔵自身であった。

親の勝手な思惑《おもわく》で子どもの可能性を潰してしまうほど、残酷なことはない。

まして、半蔵は村垣家の血を引く身。

旗本の家に生まれたからには、しかるべき教育を受けさせてやり、いずれ将軍家に御奉公できる人物にしなくてはならない。

当人の将来のためにも、そうしてやりたい。

正室に頭が上がらぬ恐妻家の範行に代わって、不憫な孫を救うべく一肌脱いだのが、隠居した祖父の定行だった。

とはいえ、嫁の扱いとは難しいものである。

頭ごなしに叱り付けたところで、かえって火に油を注ぐだけのこと。

一時だけ言うとおりにさせても、後で何をするか分かったものではなかった。

ならば半蔵を屋敷から出し、いっそのこと江戸からも離れた武州の地で、伸び伸びと成長させてやりたい。

そこで定行が相談したのは旧知の幕臣の小幡萬兵衛《おばたまんべえ》。平和な時代の下で実戦性が失われつつある他流派にない、剛直さに魅入《みい》られて開祖の近藤内蔵之助長裕から生前に指導を受けた、今や一門の重鎮でもある萬兵衛の仲介で引き合わされたのが、八王子の戸吹村で代々の名主の職を全うしながら、村に設けた道場で後進の指導に当たっていた、若き二代宗家の近藤三助方昌だった。

他の旗本の家で不遇な子どもの養育問題が発生しても、定行と同様の解決策を採《と》りはしなかっただろう。

伝手《つて》を頼って剣術道場主に預けるにしても、学んだことを後々まで胸を張って公言できる流派に委《ゆだ》ねるはず。江戸で無名に等しい上に、その存在を知る者から田舎剣術と揶揄されて止まない天然理心流を選ぶなど、どうかしている。

しかし定行は武州の地に根ざした天然理心流こそ、旗本の子として半蔵にいちから学ばせるのにふさわしいと、最初から確信していたという。

江戸市中には、名ばかりの旗本が多すぎる。

有名な流派の道場に通って免許を得ていても実力が伴わず、いざ合戦となったときに満足に戦えそうな者など、ほとんど見当たらない。乱世の武者の霊たちから見れば軟弱極まりなく、徳川の軍も衰えたものだと嘆かれても仕方がなかった。

肩書きと外見こそ立派でも中身は空っぽの、役立たずに育てたところで、何の意味も有《あ》りはしない。

ならば、無名でも筋の通った流派を学ばせたい。

江戸を離れた武州の家に預けようと定行が思い立ったのも、半蔵をいじめずにいられない嫁から遠ざけることだけが狙いではなかった。

将軍家が直轄する武州で生まれた人々は、天領の民としての自覚が強い。

農民は自分の作った米が将軍の口に入るのを誇りとし、日々の耕作に前向きに取り組む一方で、徳川の天下に危機が訪れたときには鍬を刀に持ち替え、幕府を護るために立ち上がろうという、なまじの旗本や御家人も顔負けの気概さえ持ち合わせていた。

武州の村々で野良仕事の合間に武芸を学ぶ習慣があり、各村の名主が指導者を招いて村人たちに稽古を付けてもらうのに熱心なのも、いざというときに備えて力を蓄えたいと願えばこそだったのだ。

とりわけ多摩郡では天然理心流が根付き、開祖自身が半士半農の郷士であったために農民を軽んじず、二代目の宗家の座は八王子の戸吹村で名主を務める三助が近藤姓ともども継いでいる。

預けるならば、この人物を措《お》いて他にいるまい。

定行はそこまで考えて、半蔵を託そうと決意したのだ。

委細を了解した三助は、祖父の定行に伴われて戸吹村までやって来た半蔵と直々《じきじき》に会い、自分で良ければこのまま手元に置き、親代わりとなって差し上げると約束してくれた上で、謝する定行にこう語ったとのことだった。

『こちらの御子《おこ》には、見込みがあり申す。このまま何もさせずに、埋もれさせてしもうてはなりますまい。下地を作ることにだけは力を貸しまする故、大きゅうなりました暁には名門と呼ばれる流儀の道場に改めて入門させ、どうか身が立つようにしてやってくだされ。手前は不遇なる御子を世に出す手伝いとして、お役に立たせていただきとう存じ申す』

庶子とはいえ名のある旗本の子を、遺憾ながら世間から田舎剣術と揶揄される流派に深入りさせてはいけない。斯様に判じ、半蔵を内弟子扱いで預かりながらも敢えて入門させぬまま、稽古を付けるにとどめたのである。

三助の亡き後に指導を引き継いだ増田蔵六、そして戸吹村の道場を継承すると同時に半蔵の身柄も引き取り、面倒を見てくれた松崎正作《まつざきしょうさく》も、決して自分の門下に加えようとはしなかった。

村のたくましい若者も顔負けの剽悍《ひょうかん》な青年に成長し、時を同じくして修行をし始めた面々の中で明らかに頭ひとつ抜きん出ていたにも拘《かか》わらず、蔵六も正作も笠井家に婿入りが決まって村を去るまで、切紙さえ与えずじまいだった。

その代わり、本来ならば門人以外に教えてはならない、天然理心流の三術――剣術、柔術《やわら》、棍術《こんじゅつ》を密かに、惜しみなく授けてくれたのである。

当の半蔵には、何の不満もなかった。

免許など授からずとも道場で日々汗を流し、実のある教えを受けたのは間違いのないことである。

たとえ天然理心流を学び修めたと表立って口にできなくても、亡き三助のことを師匠と、正作と蔵六を先生と思っていられれば、それでいい。

かくして江戸に戻り、笠井家の入り婿に収まった半蔵は、紆余曲折《うよきょくせつ》の末に再び武州へ帰ってきた。

今は亡き祖父の定行が孫のためにとお膳立てしてくれた、見合いの席で美しい佐和にうっかり一目惚《ほ》れしたのが災いし、刀槍の代わりに不得手な算盤《そろばん》を用いて将軍家に御奉公する立場となって十年。

すっかり恐妻と化した佐和に叱責《しっせき》される毎日に萎《な》えていた最中、図らずも勘定奉行から影御用を命じられ、稽古とは違う真剣勝負の現実に直面し、自分の甘さを思い知らされながらも、何とか今日まで生き延びてきた。

まだまだ未熟とはいえ、少しは武士として成長した自覚もある。

懐かしい人々に、自分の成長ぶりを見てほしかった。

だが、思いに反して半蔵は歓迎されずじまいだった。

調布でも府中でも、かつて戸吹村の道場で共に汗を流した仲間は半蔵のことを他人扱いし、お偉い旗本の婿殿が今になって何の御用ですか、出世なすったお姿をわざわざ見せつけに来たのですかと冷たくあしらい、半蔵に手を貸してくれるどころか、江戸から追い出された博徒《ばくと》や掏摸《すり》のせいで大いに迷惑していると文句を並べ立てるばかりであった。

腕自慢の自分たちでも手を焼くほどの悪党どもを蔓延《まんえん》させた元凶が、他ならぬ半蔵と知れば、愚痴るだけでは済まさなかっただろう。

これでは、旧交を温めるどころではない。

半蔵が調布と府中での悪党退治を早々に済ませ、日野宿を敢えて通過したのも無理はなかった。

日野には佐藤家に土方家、井上家など天然理心流に理解の深い家が多い。

思い切って訪ねれば、どこでも歓待してもらえたはずである。

しかし、半蔵には勇気を出すことができなかった。

代々の名主として日野本郷三千石の地を幕府から預かり、天然理心流の普及に多摩郡一円でも特に熱心な佐藤家の下、一枚岩の団結を誇るために江戸から流出した悪党どもも入り込む余地がなく、半蔵がわざわざ腕を振るう必要がなかったのは不幸中の幸いだった。

もしも宿場町で騒ぎを起こせば、みんなが集まってくるからだ。

調布や府中でそうしたように覆面《ふくめん》で顔を隠し、正体を知られぬようにした上で刃引きを振るって悪党どもを一掃するばかりでは、何のために危険の伴う影御用を請け負ったのか、分かったものではない。

半蔵は、武州のために働きたいのだ。

江戸で悪党退治に励みすぎた自分の落ち度が原因と思えばこそ、甲州街道筋の村々に入り込んだ連中を退治し、責任を取りたかったのだ。

だが、誰も感謝はしてくれまい。

覆面姿で悪党どもを打ち倒した姿に拍手喝采《はくしゅかっさい》を送ってくれても、いざ半蔵が面体《めんてい》を晒《さら》せば、なぜこんな真似をするのかと不審に思っただけだろう。

昔のように打ち解けた仲であれば事情を明かし、責を果たしに来たと言っても分かってくれただろうが、今の扱いでは怒りを向けられるのがオチのはず。

江戸で旗本の入り婿に収まった半蔵は、武州できつい野良仕事に従事しながら剣術修行に取り組む、同じ世代の者たちにとっては、もはや仲間ではない。名のある家に生まれていながら不遇な身であり、まともな庶子扱いさえしてもらえずにいたからこそ、昔は同情してもくれたのだ。

されど、今の半蔵は百五十俵取りの軽輩とはいえ、歴《れっき》とした旗本の当主。

将軍家に危機が及んだときに立ち上がる気構えを持つ一方、願わくば自分たちも直参になりたい、格だけは高い旗本や御家人に負けていないと証明したいと常々願って止まずにいる武州の男たちにとって、半蔵は妬《ねた》ましい存在となってしまったのだ。

少なくとも日野、そして八王子で交誼を結んだ家の人々は違うだろうと半蔵も思いたかった。

十代の大半を過ごした地には、多くの知り人がいる。

松崎家と増田家の人々は言うに及ばず、共に稽古と野良仕事に汗を流した、村の若者たち、そして密かに恋を語らい、若さに任せて情を交わした、今は他家に嫁いで所帯じみているであろう村の娘たち。

彼ら彼女らまでが、半蔵に冷たくするとは思えない。

それでも、勇気を振り絞るのは至難の業《わざ》。

懐かしい八王子に来たものの、旧知の人々を訪ねることはできずじまい。高尾の御来光を拝んだ上はこのまま宿場に戻らず、後ろ髪を引かれながらも甲州街道を先へ急ぐつもりの半蔵だった。

日野がそうであったように、八王子宿でも江戸から流出した悪党どもは派手な動きを見せていない。

たとえ騒ぎを起こしても、屈強な面々が何とかしてくれる。

八王子には天然理心流を学んだ猛者《もさ》たちに加えて、千人同心たちもいる。

商人じみた副業で稼いでいても、彼らは江戸の旗本や御家人と比べれば遥かに武士らしい。いざとなれば力を発揮し、危機に対処できるはずだった。

ならば邪魔者は姿を見せず、このまま去るのが望ましいというもの。

斯様に思い定め、半蔵は粛々《しゅくしゅく》と山を下っていく。

尾根を辿って去り行く孤影に、燦々《さんさん》と陽が射している。

夜が明けた高尾の山は、今朝も凛然としたたたずまいを見せていた。

登る人々を老若男女の別なく受け入れ、怪我《けが》をさせぬように優しく見守る一方で誰をも寄せ付けない、黎明《れいめい》の霊山の姿であった。

戸吹村で暮らしていた頃には欠かさず山頂に登り、御来光を浴びるのを日課にしていたというのに、半蔵にこの強さは備わっていない。

剣を振るって敵を倒す技そのものは身に付いており、体力も若い頃には及ばぬまでも申し分ないのに、肝心の心が弱いのだ。

村で何の悩みも抱かずに過ごしていた婿入り前のほうが、むしろ強かったのかもしれない。

しかし、今の半蔵は二十歳前後の若かりし頃とは違う。

笠井家の婿となり、齢《よわい》も三十を過ぎた以上は一人前の男として、あらゆる現実に立ち向かわなくてはならなかった。

当面の課題は、八王子と甲府の間で不穏な動きを見せつつある悪党一味。

対決の行方が如何《いか》なることになるのかは、当の半蔵もまだ知らない。

江戸で無事の帰りを願う佐和も、それは知る由《よし》のないことだった。

三

「……………」

無言のまま、佐和は縁側に上がっていく。

住み込みの中間と二人の女中は、まだ眠りこけているらしい。それぞれの部屋の前を通っても、障子越しにいびきが聞こえてくるばかりであった。

半蔵との夫婦仲が上手《うま》くいかずに荒れていた頃ならば、思い切り怒鳴りつけて叩き起こしたに違いない。

だが、今の佐和はそんな真似をしようとは思わない。

奉公人が疲れている理由を、もとより承知の上だからである。

半蔵が御用のためにしばらく屋敷を空けると佐和から言われても、中間と女中たちはまったく怠《なま》けようとはしなかった。むしろ常にも増して気を遣い、佐和が以前の如く癇癪《かんしゃく》を起こすのではないかと案じ、毎日緊張してばかりいる。

目下の者には甘い半蔵よりも、佐和のほうが怖いのだ。

佐和は武家の誇りを、並の男以上に体現している女人だった。

女中に対してはむろんのこと、中間や若党にも遠慮はしない。

佐和が十三歳を過ぎ、稚児髷《ちごまげ》から高島田《たかしまだ》に髪型を改めて以来、笠井家では奉公人の入れ替わりが激しい。

大人の仲間入りをしたのを機に佐和が遠慮無く口を出し、温厚な両親が今まで大目に見てきた奉公人たちの至らなさを、ビシビシ指摘し始めたからだ。

十年前に半蔵を婿に迎え、父母が深川に構えた隠居所に移り住んでからは尚のこと遠慮をせず、新規に雇い入れる者を厳しく吟味してきたものである。

ごろつきまがいの渡り中間は最初から相手にもしないし、奉公している間は仮の姓を与えられ、袴を常着とする武士の特権に与《あずか》ることができるとあって気軽に足を運んできた若党志願のどら息子など、実家がどんなに金持ちであろうと顔を見ただけで追い返すのが常だった。

笠井家で若党を雇わずにいるのは、性根の据わっていない連中に侍もどきの恰好などさせてはなるまいという、佐和の揺るぎない信念ゆえのことだった。

だが、武士のことも庇ってばかりはいられない。

嘆かわしいことに、昨今は直参の質が落ちる一方である。

軽輩の旗本や御家人が酔った末に博徒と喧嘩に及び、軽々しく抜こうとした刀を取り上げられて袋叩きにされ、外聞を憚って泣き寝入りせざるを得なかったという噂話を、佐和は一度ならず耳にしていた。

凡百の侍より刃傷沙汰に慣れており、腕っぷしも鍛えられていて、いざ合戦となれば勇猛果敢に戦えるであろう無頼の徒に打ち負かされるのは、不名誉なことには違いないが、やむを得まい。

しかし、稽古の場においても後れを取るとは何事か。

老中首座の水野越前守忠邦は幕政改革の中で武芸を奨励すると同時に、士分に非《あら》ざる者が道場に通うのを禁じているが、現実には町人ばかりか農民で剣を学ぶ者も数多く、流派によっては武士を圧倒する勢いだという。

天然理心流の試衛館などは、その最たるものだろう。

佐和とて、町人や農民が武芸に熱中すること自体を否定する気はない。

合戦が日常だった戦国の乱世においては当たり前であったのだし、異国の船が近海を盛んに脅かしている昨今だけに、有事に備えた兵が一人でも多いに越したことはないからだ。

それにしても、直参の質の低下は嘆かわしい限りである。

代々の旗本の家に生まれた身として将軍家の存在を絶対とし、その将軍が老中首座《しゅざ》に選んだ水野忠邦が幕閣《ばっかく》の頂点に立った現状を受け入れていながらも、佐和は常々不安を覚えずにはいられなかった。

多くの武士は太平の世がいつまでも続くと思い込み、高を括《くく》っている。

蘭学者が危惧する異国の侵略など二度と有り得ぬことと考え、幕府はもとより諸藩においても、誰も重く見て意見を採り上げようとはしない。

それどころか忠邦の腹心である目付の鳥居耀蔵は蛮社の獄で弾圧を加え、彼ら蘭学者が持っている先進の知識や技術に目を付けようともせず、旧態依然のままでいいのだと言わんばかりの体制を敷いている。

今のままでは、日の本は危ない。

敵が鎖国の禁を解いてもらって商いがしたいと、甘い話を持ちかける裏で虎視眈々《こしたんたん》と攻め入る機を窺《うかが》っており、生き残りは根こそぎ奴隷にしてしまう腹積もりでいるとは、幕閣のお歴々にも想像できていないのだ。

重大事ゆえに民には明かされていないことだが、アヘンを吸引する悪習を蔓延させたイギリスの策に陥り、唐土《もろこし》（中国）の清王朝が滅亡の危機に瀕《ひん》した事実を知れば、同じことが起こり得ると誰もが察しが付くだろう。

アヘン戦争の経緯を見れば、西洋の列強諸国が東洋の国々を軽んじ、同じ人間とも思わずに搾《しぼ》り尽くすことしか頭に無いと分かる。

西洋列強の支配下に置かれて感化されれば、唐土や韓の国も日の本の敵になりかねないことだろう。

かつて攻められた恨みが未だに深いとなれば尚のこと、列強と手を結んで支配をしたいという想いも強いに違いない。

周りが敵国だらけになってしまえば、万事休すだ。

にも拘わらず、幕府は手を打たずにいる。

西洋の文化を徹底して締め出そうとする鳥居耀蔵のやり方も、海の向こうから渡来したものに影響を受けやすい日の本の民の弱さを憂慮し、毒されてしまう前に接触させないほうがいいと判じてのことならば、一理あると言っていい。

とはいえ、先進の文明を排除するばかりでは何にもなるまい。

耀蔵は軍備の西洋化にも強硬に異を唱え、最新式の銃砲を扱う高島秋帆《たかしましゅうはん》が幕府に重用されるのを阻止しようとしている。

半蔵の弟で将軍を警固する小十人組《こじゅうにんぐみ》に身を置く村垣範正が教えてくれたところによると、去る五月九日に高島流の一門が板橋宿近くの徳丸《とくまる》ヶ《が》原《はら》で実施した砲術調練を水野忠邦が高く評価し、使用された大砲を早々に買い付けたのを危惧しての行動だった。

将軍に儒学を教授する侍講《じこう》を代々務めてきた林家の出とはいえ、さすがに耀蔵はやりすぎだと佐和は思う。

多分に軽薄であろう西洋の文化に毒されるのは避けるべきだとしても、西洋に習って軍備を増強することは、やはり必要だろう。

永《なが》きに亘《わた》った鎖国が災いし、日の本の銃砲は大きく後れを取っている。

元亀天正の昔とさほど変わらぬ、旧式の種子島《たねがしま》と大筒《おおづつ》で異国の軍に対抗できるはずがあるまいし、刀槍を振るって気迫で迎え撃てるとも思えない。

鎌倉の昔に二度に亘って蒙古《もうこ》の大船団を退け、南北朝の動乱を経て戦国の乱世を戦った漢《おとこ》たちの末裔のはずなのに、今日びの武士は刀を満足に打ち振るうどころか、抜き差しすることさえおぼつかないのだ。

名だたる乱世の武将には及ばぬまでも、シャム（タイ）に渡って将軍となった山田《やまだ》長政《ながまさ》の如く海の向こうで勇名を馳せることができるほどの強者が、天保の世に果たして幾人いるのだろうか。

今のままの体たらくでは、異国の軍勢も拍子抜けするだけのはず。

制圧した国の男たちを兵力として激戦地に投入し、わざと使い捨てにするのは洋の東西を問わない戦勝国のやり口だが、今の日の本の武士では弾避《たまよ》けの役にも立つまい。

町人や農民で腕の立つ者のほうが、よほどマシというものだ。

俊平がそうであるように、生まれは士分でなくても凡百の旗本や御家人よりも男らしい、心身共に鍛えられた者もいる。

今はまだ荒削りな部分も目立つが、あの若者ならば、いずれはひとかどの武士と成り得るはずだ。

されど、笠井家に若党奉公を志願してくる手合いは違う。

形だけ武士らしく装いたがる、薄っぺらい輩とは口も利きたくなかった。

若党も大小の二刀を差すことまでは許されておらず、大脇差《おおわきざし》を一振りしか持たされないが、そんな姿をさせてやるのさえ忌々《いまいま》しい。

日の本に危機が訪れたとき、戦い抜ける者にしか刀を帯びる資格はない。

斯様に思い定める佐和は、女中を雇い入れる目も厳しかった。

大名や旗本の屋敷に奉公してくるのは、富裕な商家の娘たち。

目的は嫁入り前に武家の行儀作法を見習うことで、こちらが渡す給金よりも親が用意してくれる礼金のほうが遥かに多い。裕福そうでいて内情は火の車の旗本たちにしてみれば願ってもない話であり、我《わ》が儘《まま》放題に育った役立たずの娘でも奥方は笑顔で受け入れ、礼金を目当てに甘やかすのが常だった。

佐和に言わせれば、笑止千万の話である。

武士が商人の如く金銭に執着し、節《せつ》を曲げるとは何事か。

そんな様《ざま》だから、町人たちに頭から舐《な》められてしまっているのだ。

たとえ千両箱を積まれたところで、迎合してはなるまい。

斯様なことを考えているとはつゆ知らず、旗本八万騎の家中随一と評判も高い佐和の美貌と優雅な雰囲気に憧れ、奉公を望んで笠井家を訪ねてくる娘たちは後を絶たなかった。

憧憬《どうけい》の的とするのは勝手だが、期待されても困る。

どれほど見目形が良い娘であろうと、基本の躾《しつけ》がなっていなければ佐和は礼金を添えて親元に戻してしまう。立腹した父親が屋敷に乗り込んできても動じずに言い負かし、親の躾が至らぬことを散々思い知らせた上で追い返すため、笠井の家付き娘は外見《そとみ》に似合わぬ羅刹女《らせつにょ》だと噂を流されるのもしばしばだったが、当の佐和はまったく気にしていなかった。

佐和は、意味もなく高慢に振る舞っているわけではなかった。

民の上に立つ身と自覚すればこそ、気高《けだか》く生きずにいられないのだ。

むろん、形だけ格が高くても何にもなるまいと自覚している。

金銭に執着せず清廉に生き、いざというときに備えて心身を鍛えることを常に怠らず、弱い民を守って戦う気構えを持っていてこそ真の武士。

算盤侍《そろばんざむらい》と旗本仲間から小馬鹿にされている、笠井家も例外ではない。

父はもとより亡き祖父も、御用一筋の頭でっかちといった外見をしていながら実は武芸の鍛錬を欠かしておらず、なまじ腕を自慢している手合いより強かったのを佐和は承知していた。母や祖母を見習い、そんな漢たちを支えることこそが武家に生まれた、あるいは嫁いだ女人《にょにん》の使命であるのも分かっている。

願わくば、半蔵も支え甲斐のある夫でいてほしい。

そう思えばこそ、厳しく接してきたのだ。

剣の腕こそ秀でているものの夫は躾の基本が足りておらず、笠井家代々の勘定所勤めに邁進《まいしん》しようとする、気構えも不足していた。

腕っぷしが強いばかりでは、単なる乱暴者でしかない。

有事に足軽として駆り出されるだけの立場ならば、それでもいいだろう。

しかし旗本はいざ合戦となれば槍を取り、騎馬を駆って兵を率いる立場。

強いだけでなく頭も冴えていなくては、誰も付いて来るまい。作戦を誤って隊を全滅させてしまいかねない旗本など、将として信頼されないからだ。

佐和は斯様に思い定め、半蔵をビシビシしごいてきた。

子どもの頃に行き届いていない躾をいちから、厳しく叱り付けながら教えると同時に、本来ならば十歳前後に手習い塾で学んでいるはずの算盤の扱い、そして頭の回転を速くする訓練として、九九に始まって複雑な計算に至るまでの算法を初歩から学ばせたのである。

他の旗本の家で、婿がこれほど厳しくされることなど有り得まい。期待されるのは家付き娘との間に後継ぎの子を作るのみであり、日々の振る舞いはもとより代々の職も、御役御免にならない程度に務めてくれれば十分のはず。

されど、佐和は半蔵に甘く接することができなかった。

ここまで躍起《やっき》になって教育しなくても良いのではないかと、心のどこかで思いながらも、鬼嫁とならずにはいられなかった。

武士は武士らしく、男らしくあってほしいと願うばかりでなく、笠井家代々の職にも佐和は誇りを持っていたからだ。

昔も今も勘定職は組織に欠かせぬ反面、表に出ない内勤のために外回りで苦労している者からは無駄飯喰らいと決め付けられ、軽んじられがちである。

しかし、笠井家とて乱世には算盤勘定だけで禄《ろく》を食《は》んでいたわけではない。

先祖は徳川家の勘定衆として御奉公に励む一方で合戦場にも赴き、大きな手柄を立てるには至らぬまでも勇猛果敢に戦い、無二の主君である家康公と、秀忠《ひでただ》公ら若殿たちを護って、御家のために生きてきたのだ。

半蔵の場合、太平の世よりも乱世のほうが向いていたのかもしれない。合戦場で矢《や》面《おもて》に立って働くことに徹すれば勘定職を解かれ、武将として一隊を任されるからである。

とはいえ、日の本が異国の侵略に見舞われて、防衛に立ち上がる日を待たせておくわけにはいかない。遠からず危機が訪れるにせよ、無能なままでは御役御免にされてしまうからだ。

幼い頃から剣術修行一筋で生きてきた半蔵は、勘定職には不向きである。

それでも婿に迎えた以上、全うしてもらわなくてはならない。

一体、どうすればよいものか——。

十年に及んだ葛藤《かっとう》が報われたかの如く、近頃の半蔵は変わりつつあった。

勘定所勤めを疎《おろそ》かにせず、苦手であると言い張って真面目に取り組まずにいた算盤の扱いや算法の勉強にも、身が入ってきたと見受けられた。

自《お》ずと夫婦仲も良好になってきたが、実は違っていたらしい。半蔵が日々の勤めをてきぱきとこなしたのは、佐和の知らないところで何事かに熱中する時間を捻出するためでしかなかった。

察しが付いた以上、心穏やかではいられない。

いずれにせよ、当人に問い質《ただ》すのは武州から戻ってからのことだ。

今は陰膳《かげぜん》を絶やすことなく、無事を祈るしかあるまい。

廊下を渡った佐和は、奥の私室に入っていく。

「お前さま……」

後ろ手に障子を閉めて、つぶやく声は切ない。

表からは、箒《ほうき》で慌ただしく掃く音が聞こえてくる。

台所では米を研《と》ぎ始めたところらしい。

中間と二人の女中が、ようやく起き出してきたのである。

まだ甘いところが目に付くとはいえ、佐和の厳しさに耐えきれず早々に辞めていく者が多い中で奉公を続けることができているのは、見上げたことだった。

寝坊を軽く叱った上で、優しい声をかけてやるのもいいだろう。

そんなことを考えながら、佐和は再び廊下に出る。

進み行く足の運びは落ち着いている。
美しい顔にも、いつもの気高さが戻っていた。

第三章　嵐の前触れ

一

梅雨《つゆ》が明けた江戸市中は、今日も暑い。

朝餉《あさげ》を認《したた》めて早々に外出した佐和は、日傘の代わりに頭巾《ずきん》を用い、頭ばかりか面体《めんてい》まで覆い隠していた。

もとより、佐和は人目に付くのを好まない。

通りを歩くだけで凝視されるのには、若い頃からうんざりだった。

大概の男は一睨《ひとにら》みすれば黙らせられるが、懲りないのは老若の女たち。

特にしつこいのは年嵩《としかさ》の連中で、武家の妻女ばかりか町家の女房までが嫉妬《しっと》の眼差《まなざ》しをチラチラと、かつ執拗《しつよう》に向けてくる。

なぜ、あの女は自分と違って、幾つになっても所帯じみないのか。

冴えない夫を抱えているくせに、毅然としていられるのか。

家庭が円満でなければ、もっと老けろ。

自分たちと同様に、若さなど失《う》せてしまえ。

そんなことを言いたげな視線を、出歩くたびに向けられていれば佐和が苛立《いらだ》つのも無理はない。熱い最中に頭巾を被《かぶ》るのも、やむを得ぬ措置であった。

（女どもに比べれば、わが婿殿のほうが愚《おろ》かなれどマシでしょうね……）

胸の内でつぶやきつつ、佐和が向かった先は八丁堀。北町奉行所の最寄りに店を構える『笹《ささ》のや』を訪ねるための外出であった。

呉服橋《ごふくばし》の『笹のや』といえば、小さいながらも人気の料理屋だという。

教えてくれたのは、屋敷の中間である。

半蔵がかねてより、佐和が癇癪《かんしゃく》を起こして朝餉を食べ損ねるたびに足を運んでいたことも、若い中間は迷った末に明かしてくれた。

『まさかお出《い》でになられるんですか、奥様？』

半蔵よりも遥かに怖い佐和に包み隠さず白状させられた後も、中間は案じ顔で念を押さずにはいられなかった。

『評判の女将《おかみ》がいるのはほんとのことでございますが、とても奥様と比べものになるようなもんじゃありません。疾《と》うに二十歳《はたち》を過ぎてるのに娘じみた、どっちかと言えば鄙《ひな》びた容子《ようす》で……』

半蔵が浮気を疑われていると判じ、そんなことを言ったのだ。

話を余さず聞き出した佐和は、常の如く落ち着き払っていた。

『馬鹿を申すでない……半蔵殿が好みの味ならば、ちと見習わせてもらおうかと思うただけのことじゃ。供をするには及ばぬぞ』

そう言って、付いてこようとした中間を留め置き、やはり心配そうな面持《おもも》ちの女中たちに身支度を手伝わせて、駿河台の屋敷を後にしたのである。

実のところは、その店の女将のことが気になって仕方がない。

以前に一度だけ顔を合わせたとき、半蔵好みの容姿をしていたのも不安を掻《か》き立てる一因だった。

武州に戻ったとなれば、半蔵は昔馴染《なじ》みの人々と会うに違いない。

若い頃に恋を語らったであろう、村の娘たちとも再会するはずだ。

今は嫁いで容姿も衰えているはずであり、基本は真面目な半蔵だけに人の女房と密通に及びはしないだろうが、懐かしさを覚えはするだろう。

そうなれば中間の見立てどおりに娘じみた、どちらかといえば鄙びた——平たく言えば田舎娘のような外見をした、あの女将に関心が向くのではあるまいか。

馬鹿げた悋気《りんき》かもしれないが、佐和はそんな不安を抱かずにはいられない。

なまじ頭の回転が速く、起こり得ることを予期する習性が身に付いているからこそ、危惧の念を覚えてしまうのだ。

気になった以上、いてもたってもいられない。

暑い最中であろうと、思い立ったら行動に移すのみ。

かくして『笹のや』を訪ねた佐和に、女将のお駒《こま》は早々に顔を見せた。

「相《あい》すみません、奥方様」

縄暖簾《なわのれん》を割って土間に踏み入ろうとした佐和の素性に気付かず、やんわり押しとどめる笑顔は初々《ういうい》しい。今年で二十四歳になるとは思えぬほどの、相変わらず娘じみた雰囲気を漂わせていた。

同じ若さを褒められるのでも、佐和とお駒では違っていた。

丸顔で鼻が低くて黒目がちの顔立ちは、美人と言うよりも可愛らしい。

口さがない男にかかれば不細工呼ばわりされそうな、ぎりぎりのところで十人並みに踏みとどまった感じの容姿である。

それでいて店を訪れる客の誰からも好かれ、お駒を目当てに通ってくる常連も後を絶たないのは、親しみやすい笑顔を常に浮かべていればこそ。

佐和のことは遠目に窺《うかが》うばかりの男たちも、お駒にならば気安く近寄ることができるはずだった。

それに顔立ちこそ十人並みでも、体つきは違う。

身の丈は五尺そこそこだが脚が長く、胸と尻の肉置《ししお》きは適度に豊か。

小股の切れ上がった女っぷりだった。

物腰に武家育ちとは違った優雅さがあり、たたずまいに品が感じられる。

しかし、すべては世間を欺《あざむ》く表の顔でしかない。

お駒が女賊であるのを、佐和は承知の上だった。

半蔵が自分に隠れてやっていることに、どこまで深く関わっているのかは定かでなかった。

分からぬからこそ、夫が不在にしている間に追及せずにはいられないのだ。

お駒のことが好きか嫌いかと言えば、やはり嫌いな佐和だった。

すべて計算ずくと思える行動が、何より鼻につくからだ。

優雅に思える立ち居振る舞いも、佐和から見れば芸者めいたものであった。

だが、なればこそ男たちにとっては親しみやすいと言えるだろう。

まさか半蔵までが虜《とりこ》にされて、この店に通い詰めていたとは考えたくない。

そう思いながらも不安を覚えるのを禁じ得ず、ついに佐和は自ら呉服橋まで足を運ぶに至ったのだった。

「ほんとにすみませんねぇ。つい今し方、朝の商いはお終《しま》いにさせていただいたもので……」

佐和に詫びるお駒の態度は、あくまで折り目正しい。

莫連《ばくれん》女《おんな》めいた本性を見せず、礼を失することがないのも、相手が半蔵の妻とは気付かずにいるからだった。

覆面《ふくめん》で覆い隠した顔までは分からずとも、絹物を一分の隙もなく着こなした姿を目にすれば武家、それも昔ながらの格式高い旗本の妻女と察しが付く。

今日びは大身旗本の妻や娘も流行に追われるばかりで、不景気をよそに華美な装いに走る一方だが、佐和は違う。

武家の女以外は身に着けることを許されない絹物の格に負けることなく、常に凜《りん》とした雰囲気を醸《かも》し出すように心がけているからだ。

お駒には無い大人の女性、それも気高さに裏打ちされた魅力であった。

男たちも気安く声は掛けられずとも、目を向けずにはいられない。

こうして立ち話をしている間にも十人余りが、通りに背中を向けた佐和の白い襟足を覗《のぞ》き見ていく。

呆《あき》れたことに町人ばかりか、歴《れっき》とした士分の者も同様にしていた。

嫌悪の念で、佐和は背筋が寒くなる。

いつもならば睨み付けてやるところだが、お駒の面前で余り本性を見せたくはなかった。

ともあれ、このまま目立つ場所に居たくはない。

「中に入れてもらえますか」

「ですから奥方様、今日は店を開けていませんので……」

「ええい、まだ分かりませぬのか！」

土間に踏み入ると同時に、佐和は覆面をむしり取った。

素性を隠したままでいるつもりだったが、これほど苛立ちが募《つの》ってしまってはどうにもならない。

さすがのお駒も、思わず息を呑む。

「あんた、笠井の旦那の……」

「久方ぶりですね、お駒さん」

不敵な微笑《ほほえ》みを浮かべて、佐和はうそぶく。

機先を制してしまえば、相手が名うての女賊であろうとこっちのものだ。

胸の内に溜《た》まった鬱憤《うっぷん》をじわじわと、思い切りぶつけてやろう。

そうしてやらなくては、気も済まない。

佐和が意気込んだ刹那《せつな》、か細い声が二階から聞こえてきた。

「すみやせん……姐《あね》さん……」

今にも消え入りそうな、弱々しい響きである。

その声を耳にしたとたん、お駒は身を翻《ひるがえ》した。

無言のまま奥に入っていき、持ってきたのは小ぶりの桶《おけ》。

良く洗ってあるが、微《かす》かに屎尿《しにょう》の匂いがする。

思わず顔をしかめる佐和を、お駒は憮然《ぶぜん》と見返す。

態度が悪いのは相変わらずだが、もはや声を荒らげようとはしなかった。

「ちょいと用を済ませてくるから、そこで待ってな」

「そなた、何としたのです」

「さっきの声が聞こえなかったのかい。ちょいと連れの具合が悪いんだよ」

「連れと申すのは、あの梅吉《うめきち》とやらのことですか？」

「てやんでぇ、見くびるんじゃないよ。このお駒さんが他の野郎を気安く家ん中に入れるはずがないだろうが。馬鹿も休み休み言いやがれってんだ」

ぽんぽんと毒舌を叩くや返事も待たず、お駒は機敏に階段を駆け上がった。

さすがの佐和も、二の句が継げずに見送るばかり。

どうやら、連れの板前が寝付いているらしい。

階下まで漂ってくる膏薬《こうやく》の匂いを嗅《か》げば、病ではなく手傷を負ってのことだと察しが付いた。

以前にも怪我《けが》をして半蔵が笠井家に担ぎ込んだものだが、またしても何処《どこ》かで刃傷沙汰《にんじょうざた》に巻き込まれたらしい。

こたびもお駒を護って、同じ目に遭ったのだろう。

（気の毒なこと……）

息巻いて乗り込んだのも一瞬忘れ、佐和は溜め息を吐《つ》く。

と、板場で何か光るのが目に付いた。

目を凝らせば、まな板に蛸《たこ》が載っている。

不器用に塩で揉み、ぬめりを落とした上で切り身にする途中だったらしいと見受けられた。

暑い盛りにこのままにしておいては、腐らせてしまうのがオチだろう。

暫《しば》し考えた後、佐和は着物の両袖をたくし上げた。

板場に入っていく、足の運びは機敏そのもの。

余計なお節介であっても、このまま傷むのを見過ごしてはいられなかった。

二

自分に代わって佐和が包丁を振るい始めたとはつゆ知らず、二階に上ったお駒は短い廊下を渡っていく。

「大丈夫かい、梅……？」

廊下に面した板の間では、若い男が布団に横たわっていた。

近所の娘たちから騒がれる鯔背《いなせ》な顔も、今は血色が悪い。もとより色白なのが青ざめたばかりか、一回り痩《や》せたようであった。

二階は日当たりが良すぎるため、窓に簾《すだれ》が下げてある。

お駒は何も問うことなく上掛けの掻い巻きをめくり、持ち上げさせた尻の下に桶をあてがう。

「すみやせんねぇ、迷惑ばっかりかけちまって……」

用を足させてもらいながら、男は恥じ入った様子でつぶやいた。

梅吉、二十五歳。

この『笹のや』で板前として腕を振るう梅吉は、一歳違いのお駒と実の兄妹と同様に育った仲である。

梅吉の父親は、霞《かすみ》の松四郎《まつしろう》と呼ばれた名うての盗賊。

お駒の養い親で今は亡き夜嵐《よあらし》の鬼吉《おにきち》の片腕として、一味の陣頭に立って盗みの指揮を執《と》る、小頭を務め上げた腕利きだった。

梅吉は松四郎譲りの身の軽さと、かつて世話になった盗賊一味で出刃打ち名人から教え込まれた飛剣の術を駆使し、ずっとお駒のことを護ってきた。

だが、今は立ち上がるのもままならない。

梅吉の傷は悪化していた。

過日の両国橋下で、三村右近に斬られた傷である。

大した深手《ふかで》ではなかったために軽いと判じ、消毒を適当に済ませておいたのが災いして、化膿《かのう》するに至ってしまったのだ。

医者の見立てでは何とか峠《とうげ》こそ越えたものの、体力が戻るまでにはしばらく時がかかるという。

とにかく、今は梅吉に自責の念など覚えさせてはいけない。

お駒を護るために傷を負ったのに、店の商いに障ると思ってしまっては、罰《ばち》が当たるというものだ。

そう思えばこそ、お駒は下《しも》の世話をしながら笑顔を絶やさずにいた。

「すっきりしたかい、梅」

「へい、おかげさんで」

「水臭いねぇ。あたしとあんたの仲じゃないか。遠慮なんかしないでおくれ」

「そうさせていただきやす。この暑いのに粗相《そそう》をしちまったら、それこそご迷惑でござんしょうからねぇ……へへへ」

「とにかくさ、余計な気は遣わないでおくれな」

弱々しく笑う梅吉に微笑み返し、お駒は立ち上がった。

一階に降りていくと、板場に誰か立っている。

仕込みの途中で放り出したままの包丁を握り、蛸を速やかに、器用な手つきでそぎ切りにしていたのは佐和だった。

「……あんた、何をしてるんだい？」

「まずは、その桶をどうにかしておいでなされ」

戸惑うお駒を見返しつつ、佐和は鼻をつまむ。

蛸はすでに、余さず切り身となっている。

湯引きをするための熱湯も、釜で煮え立っていた。

「小鉢にいたすと見受けましたが、よろしいですね」

「ああ、そうだけど……」

「ならば早う手を洗うて、井戸端《いどばた》を空けてくだされ」

湯に潜《くぐ》らせた蛸の切り身は、間を置かず井戸水にさらして引き締めなくては味が落ちてしまう。佐和は、そう言っているのだ。

訳が分からぬまま、お駒はあたふたと桶の屎尿の始末を済ませて手を洗う。

その間に湯引きを済ませた佐和は、入れ替わりに井戸端に立つ。

慣れない手付きでお駒が拵《こしら》えようとしていた蛸と胡瓜《きゅうり》の和《あ》え物が、瞬く間に仕上がっていく。

梅吉に劣らぬ、鮮やかにして素早い手際であった。

「そなた、人手が要るのでありましょう」

「だったら何だってのさ」

感心しながらも、お駒はムッとして言い返さずにはいられない。

「お前さん、人の店で好き勝手をしておいて……」

「いいから、ここは呉越同舟と参りましょう」

皆まで言わせず、佐和は微笑みながら告げる。

「ごえつ、どうしゅう……？」

「はい」

「それって、どういうことなのさ」

「敵同士が手を取り合い、目の前の苦難に立ち向かうという意味ですよ」

さらりと告げるや、佐和は再び板場に入っていく。

蛸と一緒に仕入れてあった海老《えび》を茹《ゆ》でるために、湯を新たに沸かし始める。

俎板《まないた》に向き直り、海老の殻を外していく手つきも慣れたもの。

「大したもんだねぇ……」

さすがのお駒も、今や感心した声を上げずにいられなかった。

「お前さん、ほんとにお旗本のご息女なのかい？」

「ふっ……何ほどのこともありませぬよ」

微笑みながらも手を休めることなく、佐和はてきぱきと海老をさばく。

旗本の妻女ともなれば、たとえ笠井家のような微禄の家であっても自ら台所に立つことなど有り得ない。

すべて女中に任せきりにし、せいぜい献立《こんだて》に口を出す程度だった。

されど、佐和は違う。

何事も安易に人任せにできない質《たち》であればこそ、必要となれば自らこなせる術《すべ》を心得ているのだ。

人の上に立つ者たちにありがちな失敗のひとつに、下の者に任せた仕事の内容を実は当人が把握できておらず、目くらましをされていることに気付かぬままになってしまうという点が挙げられる。

実のところ、何事も佐和がやってしまったほうが速い。

笠井家に奉公した女中がなかなか居つかず、早々に音《ね》を上げてしまう理由は単に佐和が厳しいせいだけではない。

炊事はもとより掃除や洗濯も、佐和に手本を示されると自分たちの不出来ぶりを思い知らされ、嫌気が差してしまうからだ。

もとより、佐和には『笹のや』のために働いてやる義理などない。

夫が陰でやっていたことについて何も教えてくれず、今まで黙ったままでいたお駒と梅吉に怒りこそ覚えても、同情する気など皆無だった。

にも拘わらず、一人では店を開けるのもままならずにいたお駒の苦境を助ける気になったのは、半蔵が浮気をしたわけではないと確信すればこそである。

口ぶりとは裏腹に、お駒は梅吉しか目に入っていない。

たとえ半蔵が想いを寄せたところで、相手になどしないだろう。

そう判じた上で、気を許したのだ。

知らぬ仲ではない以上、苦しいときに手を貸してやるのも功徳《くどく》というもの。

夫を奪おうとしているのに非《あら》ざれば、もはや構えて接する必要もなかった。

三

かくして、佐和が手伝い始めた『笹のや』は活気を取り戻した。

お駒を目当てにするばかりでなく、安くて美味《うま》い料理を食べたいがために足を運んでいた常連の客たちが戻ってきたのだ。

朝の定食に供する丼物は、半ば素人《しろうと》のお駒でも何とか拵えることができる。

しかし夜の酒肴はどうにも手に負えず、梅吉が寝付いてからは日が暮れて酒を呑みに来る客が減る一方だった。

この『笹《さ》のや』の客は、ほとんどが独り身の日銭稼ぎの連中である。乏しい稼ぎを割き、朝は一椀十六文の丼で腹拵えをし、夜は一合か二合の酒を大事に味わうのが日々の癒《いや》しであり、活力の源《みなもと》なのだ。どんなに女将が愛らしかろうと、刻んだ野菜に味噌を添えた程度のものに銭を払うわけにいかない。

そこでお駒が何とかしようと奮発し、採算抜きで蛸や海老を仕入れてみた日に佐和が来合わせたのだった。

怪我の功名と言うべきことだが、おかげで商いは持ち直した。

親の仇《かたき》を討つまでの隠れ蓑《みの》として構えた店とはいえ、いつまでも実入りがないままでは顎《あご》が干上がってしまう。

佐和のおかげでお駒も梅吉も安堵《あんど》するに至り、客たちも喜んでいた。

「こいつぁ美味いや。泥鰌《どじょう》を素揚げにするたぁ、そう簡単にゃ誰も思いつかねぇだろうぜ」

「この諸子《もろこ》は山椒《さんしょう》焼きかい？　ピリッとしてて、酒が進むぜぇ」

「ありがとうございます」

「女将さん、もう一本！」

「はーい」

満面の笑みで客たちに答えるお駒は、気分も上々だった。

店の手伝いをしていても、佐和は客と接することまではしなかった。

武家の妻たる者が、市井《しせい》のむくつけき男に構うわけにはいかないという理由もあったが、何よりもお駒の仕事を取ってしまうには忍びない。そう思えばこそ出しゃばらず、肴《さかな》を作り置きするにとどめていた。

四

半蔵のいない日々の気晴らしを兼ね、佐和は『笹のや』の手伝いを半ば楽しみながら続けていた。

あくまで裏方に徹し、日が暮れて客が集まる前に退散するのを心がけると同時に知り人に見咎《みとが》められぬように、行き帰りは覆面を被るのも忘れない。

だが、人の目とはごまかしきれぬものである。

「間違ってたらごめんなさいよ……もしかしたら、半蔵さんの奥方様じゃありませんかい」

手伝いを始めて五日目の帰り際、士分らしからぬ伝法《でんぽう》な口調で呼び止めたのは黄八丈の着流しに三つ紋付の黒羽織を重ねた、町方の若い同心だった。

「お人違いでありましょう」

とっさに声色を替え、佐和はそそくさと歩き出す。

相手の素性には、一目で察しが付いていた。

付いてくる若い同心も、もとより承知の上であったらしい。

「やっぱり佐和様だ。昨日お見かけしたときにゃお人違いだと思ったが、なんで呉服橋くんだりまでお越しになられたんですかい？」

髭《ひげ》の剃《そ》り跡が青々と目立つ、精悍《せいかん》な顔に浮かべた笑みは優しい。もとより下心など抱いておらず、無遠慮に襟足を覗き込む真似もしなかった。

親しげに語りかけてくるのも、半蔵と親しい仲となれば当然のことだった。

同心の名は高田俊平、二十二歳。

天然理心流三代宗家の近藤周助邦武の門人で、若いながらも遣い手として知られる俊平は北町奉行所の廻方同心。

半蔵とは一回り近くも歳《とし》が違うが、肝胆相照らす仲であった。

そんな二人が先頃に仲違《なかたが》いしてしまい、年嵩《としかさ》の半蔵のほうが俊平を避けていたのを佐和は知らない。

事件に絡んでのこととはいえ半蔵を騙《だま》す真似をしたのを俊平が反省し、仲直りしようとしているのにも佐和は気付かずにいた。

「ここんとこご無沙汰しちまって、すみません」

「…………」

「半さんはどうしていなさるんですかい。御勘定所じゃ与《あずか》り知らぬって門前払いをされちまったんですがね」

「存じませぬ」

すがるように呼びかけるのに構わず、足早に歩みを進める佐和だった。

そんなことを知らぬお駒は、今日も商いに励《ばげ》んでいた。

客の入りは上々だった。

この様子ならば、作り置きの肴も早々に品切れになるだろう。

梅吉が寝付いてからは追加で肴を拵えることはできない旨、あらかじめ客たちには伝えてある。

今宵も口開けから一刻と経《た》たないうちに、店仕舞いになりそうだった。

招かれざる客が姿を見せたのは、そんな最中のことであった。

「いらっしゃい……!?」

にこやかに迎えようとした刹那、お駒の顔が強張《こわば》った。

縄暖簾を割って土間に踏み入ったのは、いかつい体つきの武士。

日が暮れても蒸し暑い最中というのに、頭巾を被っている。

覗いた目鼻を見ただけでも、お駒には察しが付いた。

武士の名前は矢部駿河守定謙。

事もあろうに、仇《かたき》がお忍びでやって来たのだ。

お駒が怒ったのも当然だろう。

「燗酒《かんざけ》を呉《く》れぬか。肴は有り合わせで構わぬ……」

「お生憎《あいにく》ですが今日はもう終いなんですよ、お武家様」

「ならば、酒だけで良い」

つっけんどんに言われても気分を害することなく、定謙は腰掛け代わりの空き樽に腰を下ろす。

悠然とした物腰に、お駒は怒りを募らせずにはいられなかった。

「そっちも切らしちまったんですよ。ごめんなさいね」

「冷やで構わぬのだぞ?」

「何もお出しできるものはありません。どうぞお引き取りくださいましな」

口ぶりこそ丁寧だったが浮かべる表情は冷たく、それでいて、両の瞳は怒りに燃え盛っている。

それに気付いた客たちは、みんな黙ったままでいた。

もとより、誰もが武家を快くは思っていない。

何のつもりで迷い込んできたのかは知らぬまでも、女将に無理を強《し》いるようであれば全員で叩き出すつもりでいる。

漂い始めた剣呑《けんのん》な雰囲気に、気付かぬ定謙ではない。

「ならばやむを得まい。また出直すとしようぞ」

静かな口調で告げ置き、すっと定謙は立ち上がった。

できることならば場所を変えて二人で言葉を交わし、南町奉行の任を果たし終えるまで討たれるわけにはいかないと詫びるつもりだったが、今日のところは黙して引き上げるより他になかった。

五

宵闇《よいやみ》の中、暖簾を潜った定謙は黙然《もくねん》と歩き出す。

悄然《しょうぜん》としていながらも、表情からは一抹《いちまつ》の明るさが感じ取れた。

長いこと踏み切れずにいた父娘の対話が、ほんの少しとはいえ実現し、心なしか安堵したように見える。

そんな定謙の後を、一人の男が尾《つ》けていた。

だらしない着流し姿。風呂敷包みを小脇に抱えている。

包みの中身は、畳んだ黒羽織と朱房《しゅぶさ》の十手《じって》。

目鼻立ちの整った、六尺近い美丈夫でありながら、五体から漂わせる雰囲気は装いと同様に崩れたものだった。

三村右近、二十八歳。

見習い同心として南町奉行所へ出仕し始めて早々に頭角を現し、事件の捜査に専従する廻方に抜擢《ばってき》された右近の正体は、鳥居耀蔵の子飼いの剣客。

隠形《おんぎょう》の法を用いて気配を消し去り、ずっと定謙の後を尾けていたのである。

独り去り行く奉行の背中を見やりつつ、右近は苦笑を禁じ得ずにいた。

「笑止……」

矢部定謙という男は、つくづく甘い。

相手が実の娘とはいえ、なぜ始末も付けずにいられるのか。

右近にしてみれば、理解できない話である。

なればこそ陰で笑い、潮時と見なしたのだ。

かねてより、右近は南町奉行の評判を落とすべく動き始めていた。

と言っても、忙《せわ》しく行動したわけではない。

逆に何もせず、日々の勤めぶりも目に見えて怠慢に切り替えたのだ。

今日の夕刻も、呉服橋の反対側に位置する数寄屋橋《すきやばし》の南町奉行所では、廻方の同心たちが困惑した言葉を交わしたものだった。

『何としたのじゃ、三村は？』

『さて、とんと見当が付きませせぬ』

近頃の怠慢ぶりに、誰もが首を傾《かし》げずにはいられない。

なぜ、あれほど敏腕だった男が急にやる気を無くしたのか。

原因はまったく思い当たらない。

最も困惑させられたのは、廻方を束ねる筆頭同心の堀口六左衛門《ほりぐちろくざえもん》である。

『困ったことだのう……』

右近が八丁堀の組屋敷に寄り付かず、外泊しがちなのは同僚たちも承知の上のことであった。

もとより、右近は気楽な独り身。

親兄弟と同居しているわけでもない。

天涯孤独とのことで毎日を気儘《きまま》に過ごせる反面、寂しい思いもしているだろうと気遣ってもいた。

だが、昼行灯《ひるあんどん》にも程がある。

これまで有能な上に仕事の速い右近に頼り切りだったため、急にやる気を無くされては困ってしまう。

取り急ぎ態勢を立て直すため、南町奉行所の廻方は大童《おおわらわ》だった。

すべては耀蔵の指示であった。

まずは精勤ぶりを大いに披露して、職場で頼られる存在となる。

その上で別人の如く態度を変え、薄ぼんやりの昼行灯に徹すべし。

耀蔵が授けた策に則《のっと》り、右近は徹底して手を抜いていた。

もはや、誰も右近を頼ろうとしない。

『早退《はやび》けをいたしても構いませぬか、堀内様』

『ええい、勝手にせい！』

溜まる一方の書類に目を通すのに追われる六左衛門は、のんびりした顔で同心部屋に顔を出した右近を見ようともせず、許しを出したものだった。

他の同心たちも苛立たしげに睨み付けこそすれども、早々と退出するのを誰も引き留めようとはしなかった。

だらけきってはいても、右近が切れ者なのは事実。

下手に叱り付けて完全にやる気を失せさせてしまっては、それこそ元も子もなくなってしまう。

腹立たしくても、当面は様子を見るより他にない。

そんな甘さが命取りになるのを、南町の同心たちはまだ知らない。

すべては右近の思う壺である。

「ふっ、首尾は上々ぞ……」

役立たずになったと思わせるのは、次なる策を実行に移す前の下準備。

これから先に起こす行動については、委細を耀蔵と打ち合わせ済みだった。

第四章　危機迫る夫婦

一

高尾山を下った半蔵は峠を抜けて、駒木野《こまぎの》宿に出た。

このまま八王子を離れ、甲府へ向かうつもりなのだ。

駒木野には関所もあるが、通過するのに障りはない。

「武者修行……にござるか？」

「左様。しかとご覧くだされ」

怪訝《けげん》そうな面持《おもも》ちの関所役人に半蔵が見せたのは、梶野良材があらかじめ用意しておいた道中手形。

さらに、良材は一通の添え状を持たせてくれていた。

書状に書かれていたのは、不向きな勘定所勤めから関東取締出役への御役替えを望んだ半蔵の意見を汲《く》み取り、それほどまでに腕に自信があるならば暫《しば》しの暇《いとま》を与える故、武者修行をして参れと命じた内容だった。

考えてみれば奇妙な話だが、天下の勘定奉行が認めたこととなれば一介の関所役人が口を挟めるものではない。

「いやはや、貴公も妙な望みを抱いたものだの。大人しゅう算盤《そろばん》を弾《はじ》いておれば日々安泰であろうにのう……」

書状に目を通し終えた初老の役人は、呆《あき》れた様子で溜め息を吐《つ》く。

番頭《ばんのかしら》と呼ばれる、関所の責任者である。

「儂《わし》が判ずるに、土佐守様は貴公を御勘定所に留め置くために一計を案じられたのであろうよ。此《こ》の地の有《あ》り様《さま》をつぶさに目にした上は、二度と街道筋で働こうとは思わぬはずだからの……格別の思《おぼ》し召《め》しと思うて、早々に御府内に立ち戻るがよかろうぞ」

そんなことを口にしたのも、街道筋で働く苦労を知り抜いていればこそ。

まさか半蔵が勘定奉行の密命を帯び、江戸から武州に流出した悪党どもを退治するために影御用の旅をしているとは、夢想だにしていない。

半蔵は澄ました顔をして、通行の許しが出るのを待っていた。

五街道に関所が置かれているのは、江戸で暮らす諸大名の妻子が密かに国許へ逃げ帰るのを防ぐためである。

戦国乱世が終焉《しゅうえん》して二百年余りが過ぎ去った天保の世においても、幕府は大名たちを信用していない。正室と後継ぎの世子を江戸の上屋敷に留め置くことを未《いま》だ義務づけ、藩領との勝手な往来を禁じているのも、万が一のときに人質とするためだった。

奥女中などになりすまして正室が逃亡を図る可能性も踏まえ、関所では女改めが厳しい反面、男に対する規制は概して緩い。

半蔵の取り調べも形だけに過ぎず、しつこく追及されることもなかった。

初老の番頭が口にしたのは半ば愚痴《ぐち》であり、今すぐに江戸へ戻れと強制できる立場でもない。

「悪いことは申さぬ故、気が変わったならば早々に戻って参れ」

「お気遣い、痛み入りまする」

神妙に礼を述べ、半蔵は番所を出た。

「されば、御免」

門を護《まも》る番士にも会釈《えしゃく》をし、駒木野の関所を後にする足取りは軽かった。

昨夜は旅籠《はたご》に上がってすぐに食事と入浴を済ませ、早々に床に就いて熟睡したので疲れは十分に取れている。

御来光を浴びるのは武士にとって神聖な行事であると同時に、眠りを覚ます上でも有効なことである。

五体に力をみなぎらせ、朝風の吹き抜ける街道を行く足の運びは力強い。

関所の番頭の忠告など早々に忘れてしまい、己が為すべきことを改めて肝に銘じていた。

半蔵が梶野良材の密命に従い、文句も言わずに旅に出たのは勘定奉行の権威に屈したからではない。

自分の思惑《おもわく》に合致すると思えばこそ、新たな影御用を受けたのだ。

一番の動機は、自分のしでかしたことの責を取りたいという想い。

良材はもとより定謙からも命じられていない影御用――江戸市中での悪党退治に励《はげ》んだことが災いし、逃れた無頼の徒は武州一円に散らばってしまった。

悪党どもに跳梁《ちょうりょう》されて、被害を被るのは罪なき武州の人々である。

まして多摩郡は半蔵が青春の日々を過ごした、愛着深い土地。

悪党どもに蹂躙《じゅうりん》させてはなるまいし、後先考えずにやってしまったことで迷惑をかけたくはなかった。

大いに自省すべきだと半蔵は痛感している。

矢部定謙をひとかどの男と見込んだ半蔵は、新任の南町奉行として盛り上げてやりたいがために、江戸を乱す輩《やから》を人知れず退治してきた。

人知れず奮闘した結果、大江戸八百八町の治安はたしかに良くなった。

その代わり、市中から我先に逃げ出した博徒《ばくと》や掏摸《すり》、無頼の浪人といった連中が武州に流れ込んでしまったのだ。

半蔵一人が動いただけで、そうなったわけではない。

かねてより定謙は見習い同心の三村右近を密かに使役し、万年青《おもと》組という盗賊一味の始末を含む、幾つもの事件の探索を任せていた。

かかる事実を知ったとき、半蔵は愕然《がくぜん》とせずにはいられなかった。

定謙が南町奉行として着任する直前に拐《かどわ》かされたとき、鳥居耀蔵が差し向けた小人目付衆と共に現れた右近は、救出すべき定謙を斬ろうとした男。

見習い同心として南町奉行所で神妙に働きながら、裏では耀蔵の走狗《そうく》となって動いている、半蔵にとって倒さねばならない敵だった。

そんな輩を、定謙は密かに使役している。半蔵から寄せる好意に甘え、当人が受け取ろうとしないのをいいことに、一文の報酬も渡すことなく悪党退治をさせる一方で右近を人知れず、隠し球として用いていたのだ。

自分を斬ろうとした相手と知っていながら遠ざけることなく、逆に重く用いるとは定謙らしい豪気な話である。

何事も新任の南町奉行として地歩を固めるため、できるだけ多く功績を挙げるのが目的だったが、両天秤《りょうてんびん》に掛けられた半蔵にしてみれば堪《たま》らない。

故に定謙と決別し、良材から新たに命じられた影御用を引き受けたのだ。

信頼を預けるにふさわしい、荒っぽいながらも情に厚い定謙が、まさか商人の如く小賢《こざか》しい真似をするとは思ってもみなかっただけに、半蔵が受けた衝撃は少なからぬものだったのだ。

とはいえ、嫉妬《しっと》の念だけで右近と事を構えるつもりはなかった。

定謙のためになるどころか、災いをもたらす危険な男と見なせばこそ、放ってはおけないのだ。

右近は動かぬ証拠さえ揃えば現場で容赦なく刀を抜き、本来ならば裁きの場に送り込むべき相手を斬り捨ててしまう。火盗改《かとうあらため》も顔負けの非情な男。

町方の役人に非《あら》ざる立場の、言い換えれば人知れず斬ってしまっても構わない半蔵が刃引きで打ち倒して気絶させるにとどめ、生かしたまま南町奉行所に引き渡すのが常だというのに、無茶をするものである。

そんな行き過ぎた真似をする右近を定謙は使える男と見なし、見習いの期間を終えたばかりでありながら、廻方に抜擢《ばってき》したのだ。

かねてより万年青組をお縄にすべく動いていた北町の高田俊平ばかりか、半蔵まで出し抜いたことを認められての、異例の人事だった。

着任して早々に新参者ばかりを贔屓《ひいき》する定謙に対し、古参の与力と同心が不満を抱いたのも無理はあるまい。

それでも、相手が奉行では文句も付けられない。

怒りの矛先は右近に向けられたが、誰が何を言っても受け付けず、古株の同心たちに凄《すご》まれても、涼しい顔で受け流すばかりだという。

自信があるのも当然だった。

右近は体格も剣の技倆《ぎりょう》も並外れており、精鋭の廻方同心衆も歯が立たない。

上役の与力衆も有能なのは認めざるを得ず、筆頭同心を務める堀口六左衛門は定謙の顔色を窺いつつ、右近を重く用いていると半蔵は耳にしていた。

あの男は着々と、立場を固めつつある。

このままでは、いけない。

危険な男と見なしたからには一日も早く、完膚《かんぷ》無きまでに打ち倒すために必要な実力を身に付けなくてはならなかった。

そう願う半蔵はこれまでに二度、右近と対決している。

最初に戦いを繰り広げた場所は、雨のそぼ降る小塚原《こづかっぱら》。

定謙を救出しに現れたと見せかけ、口を封じるべく斬ろうとしたのを駆け付けざまに阻《はば》んだのだ。

あのときは数合だけ打ち合ったにすぎない。

半蔵は逸《はや》って攻めかかるのを控えるように心がけ、右近の斬り付けを刃引きで受け止め、受け流すことに徹したものである。

防御するだけでは済まなくなったのは、二度目の対決でのことだった。

両国橋の土手でお駒と梅吉を襲い、亡き者にしようとした右近に半蔵は全力で打ちかかったが、まるで歯が立たずじまい。

嵩《かさ》にかかって攻めかかるばかりでなく、防御も完璧な右近は半蔵に付け入る隙を与えず、剣を交えながら至らぬ点を指摘する余裕まで備えていた。

今のままでは、とても太刀《たち》打ちできそうにはなかった。

されど、放っておくわけにはいくまい。

三村兄弟と再び対決し、今度こそ打ちのめして雪辱《せつじょく》を晴らしたい。

そう願えばこそ、危険を伴う影御用を引き受けたのだ。

再戦を制するために思い切った修練が必要なのは、半蔵とて承知の上。

右近はもとより、双子の兄の左近も実戦慣れしているとなれば尚のこと、腕を磨き上げなくてはならない。

あの兄弟との越え難い実力の差を埋めるためには、自分も真剣勝負の場数を踏めばいいのではないか。

かねてより甲州街道の悪党退治を打診されていたのを幸いとし、命じられた影御用を遂行しながら修行を積むことができれば、一石二鳥というものだ。

半蔵は斯様《かよう》に考えたのである。

江戸市中から追われて凶暴化した悪党どもを練習台と見なして打ち倒し、存分に腕を磨いた上で、三村兄弟をまとめて倒す。

一人の男として、意地に懸けても勝ってみせる。

かかる不退転の決意こそが、今の半蔵にとっては何にも勝る、旅を続けるための原動力となっていた。

調布と府中で邪魔者扱いをされて傷付き、日野と八王子で旧知の人々を訪ねるのを断念したことも、もはや悩んではいなかった。

（よし、やってやるぞ……）

揺るぎない決意を内に秘めた足の運びは、変わることなく力強い。

されど、半蔵の行動にはまだ問題があった。

刀を取る身に限らず、人は己の弱さを自覚してこそ強くなることができる。

至らぬ点を自ら認め、どうすれば克服できるのか思案した上で修行をし直せばこそ、より高みに立つことが叶《かな》うのだ。

半蔵も、旅に出た当初はそのつもりだった。

しかし、今日までに対決した連中は揃いも揃って雑魚《ざこ》ばかり。

これまでの道中で倒してきた無頼の徒に限らず、懐かしさに誘われて久方ぶりに立ち寄った谷保天満宮で暴れていた旗本主従も、半蔵の修行には用を為さない弱者でしかなかった。

そんな連中を幾人倒したところで、何にもなるまい。

だが、半蔵に心得違いをしてしまっている。

雑魚どもを倒しただけで自分が早々に強くなったかのように錯覚し、この調子で甲州街道筋の悪党退治を続けていけば自ずと腕が上がり、三村兄弟との再戦を制するのに必要な力も得られるに違いないと、愚《おろ》かにも思い込んでいた。

前向きなようでいて、自分が慢心していることに気付いていないのだ。

このままではいけないのは、半蔵自身なのだ。

半蔵に限らず、人は自分のことほど見落としがちなものである。

心得違いに気付くことなく、半蔵は闊達《かったつ》に歩みを進める。

今のままで三村兄弟に限らず、真に修羅場を潜《くぐ》ってきた強敵との戦いに臨めば命を落とすのは必定《ひつじょう》だった。

二

一方、江戸では三村右近が胡乱《うろん》な動きを見せていた。

指示を受けたのではない。

邪《よこしま》な行動はすべて右近自身の、勝手な思惑に基づくものだった。

江戸は今日も茹《う》だるような暑さである。

「相も変わらずの日和《ひより》だのう……」

炎天下でバタバタと扇子《せんす》を遣いながら、右近は玄関に上がっていく。

上役と同僚から揃って呆れられているのを幸いに、今日も早退《はやび》けを決め込んで八丁堀の組屋敷に戻ったところだった。

屋敷内に家人はおらず、奉公人も置いていない。

兄の左近とも同居しておらず、完全な独り所帯だった。

それでいて整然と片付いているのは、傲岸不遜《ごうがんふそん》な雰囲気に似ず、家事をこまめにこなすのが苦にならない性分であればこそ。

だが、今後はわざと手を抜く必要があった。

目に見えてだらしなくなってきたと周囲に信じ込ませ、南町奉行所での評判を今にも増して、とことん落とさなくてはならないからだ。

そうするためには勤めを怠《おこた》るばかりでなく身の回りも汚くし、完全に見込みはないと思わせることが肝要だった。

同心として更なる出世を遂げようとは、最初から考えてもいない。

右近の真の雇い主は南町奉行の矢部定謙ではなく、目付の鳥居耀蔵。双子の兄である左近ともども、何事も耀蔵の意のままに動くのが使命だった。

とはいえ、右近は兄ほど素直な質《たち》ではない。

命じられた役目さえ果たしておけば、後は好き勝手にやっても構うまいと常に割り切っていた。

それにしても、暑い。

「佳人の前に推参いたすとなれば、汗臭《くそ》うてはうまくないからのう……」

ひとりごちつつ、右近は黒羽織と着流しを脱ぎ捨てて素裸になる。

連日の暑さで肌襦袢《はだじゅばん》ばかりか下帯までが、搾《しぼ》れるほど汗に濡れている。

井戸端に立って汗を流し、すべて新しいものに取り替えた上で足を運んだ先は神田の駿河台《するがだい》。

高台へと昇っていくうちに、目指す屋敷の冠木門《かぶきもん》が見えてきた。

周囲の大名や、同じ旗本でも御大身の屋敷と比べれば明らかに劣るが、同心の住まいよりは遥かに立派な造りだった。

されど、番をする者は誰も立っていない。

たかだか百五十俵取りの小旗本では、余分な奉公人など雇えないのだ。

「徳利門番か……あれほどの佳人が望まば、大名暮らしも夢ではあるまいにのう……ふ、ふふふふ……」

可笑《おか》しそうにつぶやきながら、右近は物陰に身を潜める。

笠井家の門扉は砂を詰めた徳利を重しにぶら下げた、ひとりでに閉まる造りになっている。

しかるべき来意があるのならば堂々と中に入り、玄関で口上を述べたところで差し支えはないはずだった。

この男、やはり邪《よこしま》なことを考えているらしい。

程なく、佐和が表に姿を見せた。

気取《けど》られることなく、右近は後を尾《つ》けていく。

隠形《おんぎょう》の法を用い、気配を殺した上でのことである。

かねてより、右近は佐和の行動を余さず調べ上げていた。

このところ佐和は日に一度、決まって午後になると出かけていく。

夕餉《ゆうげ》時までには戻ってくるので、屋敷の奉公人たちも怪しんではいない。

近頃は頭巾を被ることもなくなり、昂然《こうぜん》と顔を出している。

人間違いをせずに済むので好都合だが、行く先は最初から分かっている。

呉服橋の『笹のや』が過日に雨の小塚原で始末し損ねた、盗《ぬす》っ人《と》くずれの若い二人――お駒と梅吉の隠れ家《が》であることも、承知の上だった。

本来ならば佐和になど構っておらず、兄の左近と連携し、速やかに二人の始末を付けてしまうのが、右近の役目のはず。

三村兄弟の雇い主である鳥居耀蔵にとって、矢部定謙はまだ生かしておかねばならない人物だからだ。

しかるべき時期を見て失脚させる前に、命を落としてもらっては困る。

お駒と梅吉から命を狙われる羽目になったのは、当人の不徳の招いたことだとしても、今しばらくは生きていてもらわねばならない。

配下随一の腕利きの三村兄弟を差し向けてでも、護ってやる値打ちが定謙にはあると耀蔵は見なしている。

かかる思惑に沿って、右近は南町奉行所に潜り込んだのである。

耀蔵によって同心株を買い与えられ、まずは見習いとして目立たぬように出仕し始めた上で、持ち前の力を徐々に発揮し、花形の役職である廻方に抜擢されるように立ち回ったのだ。

自分の身の回りのことに几帳面な反面、真面目に働くのが嫌いな右近にとっては疲れるばかりのことだった。

もしも永きに亘って同心になりすます必要があれば、基本が勤勉に出来ている左近のほうが遥かに向いていただろう。

そんな右近が南町に潜入する役目を引き受けたのは、早ければ六月早々に片を付ければいいという耀蔵の読みを信じればこそだった。

それに町奉行所勤めの同心という仮面があれば、何かと都合がいい。

浪人の身では近付けない相手にも、容易《たやす》く接触できるからだ。

たとえ相手が旗本八万騎の家中で随一の美貌を誇り、女人には珍しく算勘《さんかん》の才に秀でていても、簡単なことであった。

佐和は何も気付かぬまま、炎天下を歩いている。

さりげなく間合いを詰めるや、右近は前に踏み出す。

「あ！」

佐和が慌てた声を上げる。

後方から不意に出てきた右近と、危うくぶつかりそうになったのだ。

相手がわざと懐手になったまま、間合いを詰めてきたとは知る由《よし》もない。

「おっとっと！　こいつぁとんだご無礼をいたしやした」

すかさず詫びつつ、右近は佐和の肩へと手を伸ばす。

いやらしさを感じさせない、あくまでさりげない所作だった。

「大丈夫でござんすかい、奥方様」

「いえ……」

目礼を返しながらも、佐和の表情は硬い。

肩に触れた手を払うしぐさも同様だった。

右近の態度から、邪悪なものを感じ取っていたのである。

傍目《はため》には、怪しいところなど皆無である。

右近は半蔵とほとんど変わらぬほど身の丈が高く、男ぶりもいい。

それでいて、漂う雰囲気は剣呑《けんのん》そのもの。

何とも危険な男であった。

通りを歩いていて色目を使ってくる男には容赦をしない佐和も、人のことを頭から軽んじたり、避けたりすることはない。

御家人でも立場が低い町方同心とはいえ、右近が真っ当な手合いであれば眉《まゆ》を顰《ひそ》めたりはしなかっただろう。

しかし、この男は危うい。

町奉行所に勤めていても、誰もが勤勉でないことは佐和も知っていた。

市中の治安を維持する役目を背負う廻方同心が、出入りする大店《おおだな》から袖の下をかすめ取って私腹を肥やしたり、盆暮れには諸方からご機嫌伺いの品々が山ほど届くということも、しばしば耳にしている。

清貧を旨とする武士らしからぬことだが、市中の民のために働く立場となれば多少の余禄《よろく》に与《あずか》るぐらいは大目に見てやってもいい。

佐和が覚えたのは、そんな程度の嫌悪感ではなかった。

何故なのかは定かでないが、この男は巧みに表面を装っている。

口調こそ伝法なものだが、右近の態度そのものは折り目正しい。

肩に手を伸ばしてきたのが下心あってのことではなく、ぶつかりそうになって転びかけたのを支えるためだったのも分かっていた。

それでいて、双眸《そうぼう》の輝きは不気味そのもの。

路上で見ず知らずの男たちが投げかける、ねっとりした視線とも違う。

佐和がこれほど醒めた眼差《まなざ》しを向けられたのは、初めてのことだった。

旗本八万騎で随一の美貌の持ち主と謳《うた》われ、亡き大御所の家斉《いえなり》公がぜひ大奥に入れたいと望んだほどの佳人に対し、男として興味も抱いていないのだ。

むろん、佐和のほうから歓心を買おうとは思ってもいなかった。

「されば、失礼をいたしまする」

「お気を付けなすって……」

そそくさと歩き去る佐和に向かって、右近はうやうやしく頭を下げる。

傍目には、何の不思議もない光景だった。

町奉行所勤めの同心、とりわけ犯罪の探索に専従する廻方は、武士らしからぬ立居振る舞いをすることが許されている。

二刀をたばさむ身でありながら往来で婦人と親しげに言葉を交わしたり、肩に触れたりするなど、本来ならば御法度《ごはっと》もいいところだが、武士と町人の間に位置する廻方同心であれば障りはない。

しかも相手の佐和が慎《つつ》ましやかに応じている限り、往来を行き交う人々も余計な口を挟もうとはしなかった。

かかる状況を右近は踏まえ、佐和との接触を図ったのだ。

伝法ながらも礼儀正しい態度とは裏腹に、視線は醒めたままである。

もとより、佐和には何の興味も抱いていない。

望むことは、ただひとつ。

半蔵の留守を狙って佐和に無体《むたい》を働き、夫婦の仲を壊してやりたい。

ただ、それだけが狙いであった。

佐和の身に魔手が迫りつつあるとは思いもよらず、半蔵は今日も甲州街道の旅を続けていた。

三

小仏峠から先は、相模国《さがみのくに》の西北部に位置する津久井《つくい》郡。

堺川《さかいがわ》に架かる橋を渡り、手形いらずの関所を通過すれば、そこから先は甲斐国の郡内《ぐんない》となる。

同じ街道に沿って武蔵《むさし》、相模、甲斐と三つの国が隣り合っているのだ。

山峡《さんきょう》を進む道を、半蔵は黙々と踏破する。

きつい陽射しを浴びて、編笠がすっかり熱を帯びていた。

被り物をしていると陽光を遮ることができる反面、頭がのぼせやすい。

木陰に入るなり、涼しい川辺に出るなりして、こまめに休憩しなくては逆効果になってしまう。

髪を結い直さずに道中を続けるうちに、月代《さかやき》は伸びつつある。このまま日数《ひかず》を重ねれば総髪になり、誰からも宮仕えの身と思われなくなるだろう。

武士が月代を剃《そ》らずにいても許されるのは元服前と隠居後、あるいは主君の許《もと》から離れ、浪々の身となったときだけに限られる。

入り婿とはいえ現役の旗本の半蔵が髪を伸ばすことなど、まず有り得ない。

(もうすぐ前髪立ちになるのか……不思議なものだな)

半蔵は十代半ばの頃に戻ったかのような、懐かしい感覚を思い出していた。

元服するまでは稽古でも野良仕事でも、額に前髪が垂れてきて視界を遮るのを鬱陶《うっとう》しいと思わぬ日はなかったものである。

少年の頃以来の感覚が、面映《おもは》ゆくも懐かしい。

山道は緑の香りが強かった。

街道脇の木陰で小休止を取りながら、半蔵は黙々と先を行く。

行く手に桂川《かつらがわ》の渓谷が見えてきた。

深い渓谷に架かる猿橋《さるはし》を渡った先は、いよいよ笹子《ささご》峠。江戸開府に際して道が整備された後も、甲州路で一番きついと言われる難所だ。

八王子で暮らしていた頃に高尾山を始めとする近隣の野山を駆け巡り、自ずと足腰が鍛え上げられた半蔵も、今や齢《よわい》三十を越えた身。

笹子の峠を越えるとなれば、少々キツい。

本腰を入れるため、長い峠道に挑む前に腹拵《はらごしら》えをする必要がある。

ところが、麓《ふもと》の宿場町は騒然としていた。

行く手から怒号が聞こえてくる。

「散れ、散れ！」

「これより先へ行くことは相ならぬ！」

捕物《とりもの》装束に身を固めた役人たちが立ちはだかり、先へ行こうとする旅人を追い散らしている。

峠道に続く追分《おいわけ》が、封鎖されてしまったのだ。

元凶は半蔵もかねてより噂《うわさ》を耳にしていた、無頼の浪人一味だった。

つい先頃まで江戸で悪事を繰り返し、南町奉行所の取り締まりの強化に伴って御府外へ逃れた十余名の浪人が土地の農民たちを扇動《せんどう》して企《たくら》んだのは、去る天保七年（一八三六）八月に発生した甲斐国で最大の一揆《いっき》――郡内《ぐんない》騒動を再燃させることであった。

甲府盆地の東部一帯で数千人が暴徒化した郡内騒動は、甲府勤番や近隣の代官所の力だけでは抑えきれず、近隣の諏訪藩と沼津藩の手を借りて、ようやく鎮圧されるに至った一大事件。

幕府に不満を抱く浪人一味はこの騒動に目を付け、街道筋の村々を廻って農民を焚《た》き付け、再び蜂起《ほうき》させた上で尻馬に乗り、公儀の不正を糺《ただ》すという大義名分の下に、略奪を働こうと目論《もくろ》んだのである。

ところが、農民たちは誰一人として話に乗ろうとはしなかった。

なぜ一揆が起きたのか理解せぬまま、誘いをかけたのだから無理もない。

五年前の郡内騒動は村々の窮状を見かねた犬目村《いぬめむら》の兵助《ひょうすけ》らを首謀者として、公儀が窮民に金と米を貸し付けることと、地元の豪商たちに米の買い占めを禁じ、郡内への出荷を要求するのが目的だった。

最初から略奪を目的に立ち上がったわけではない証拠に、兵助らが率いた一揆勢は甲府城下を襲わずに引き上げている。

打ちこわしに走って好き勝手に奪い、暴れ回ったのは、騒動に便乗した無宿人や盗賊の類《たぐい》なのだ。

無頼の連中は幕府と諸藩の兵によって一掃されたものの、彼らの所業まで責任を押し付けられた下和田村《しもわだ》の治左衛門《じざえもん》は獄死し、兵助は今も領外に逃亡している。

二人への感謝の念を忘れずにいる農民たちが、軽々しく誘いをかけたところで耳を傾けるはずがあるまい。

亡き大塩平八郎や生田万《いくたよろず》の如く、事の是非はどうあれ揺るぎない理想を持って行動を起こすわけでもなく、私利私欲を満たすだけのために農民たちをそそのかそうとしたところで、意味はない。

逆に代官所へ訴えられた浪人どもは行き場を失い、やむなく笹子峠へ逃げ込むに至ったのだ。

夜が明けて早々に知らせを受けた各宿場では峠に至る道をすべて封鎖し、警戒を怠らずにいるという。

袋の鼠にしたと言えば聞こえはいいが、迷惑なのは予期せぬ足止めを食らった旅人である。

「お通しください、お役人さま！」

「お願いします！」

急ぎ旅と思《おぼ》しき人々が、口々に懇願する。

しかし、宿場役人たちは聞く耳など持ってはいない。

「命が惜しくば早う散れ！」

「我らが片を付けるまで、大人しゅうしておるのだ！」

勝手なことを言うものである。

旅人を足止めするだけならば番太に任せ、速やかに峠道へ分け入って浪人どもを捕らえてしまえばいい。立ち向かう自信がないからこそ、もっともらしいことばかり口にして、宿場に居残っているのだ。

(加勢が着到するまで、時を稼ごうということか……情けないな)

呆れ返りながらも、半蔵は闘志を燃やしていた。

どのみち退治してやるつもりでいた相手である。

相手が一所《ひとところ》に集まっているのならば、むしろ好都合というもの。

速やかに立ち向かって一味の全員を打ち倒し、無能な役人たちの鼻を明かしてやるのも面白い。

そんな安易な気持ちで、悪党退治に乗り出したのだ。

甲州街道の村々に安全を取り戻す影御用の主旨に沿って考えれば、取った行動は妥当と言えよう。

とはいえ、何も半蔵が一人で立ち向かう必要はなかった。

もしも浪人一味が国境を突破し、武州の地にまで入り込んでも、大事には至らなかったことだろう。

甲斐と相模の両国につながる八王子は増田蔵六ら千人同心が護っており、蔵六と親しい松崎正作が率いる天然理心流の猛者《もさ》もひしめいている。

無頼の浪人どもが万が一にも攻め入ってきたとしても、容易《たやす》く一網打尽にしてしまえるはずだった。

八王子に限らず、農村には武芸の心得を持つ者が少なくない。

たとえば秩父の一帯には、逸見太四郎義年《へんみたしろうよしとし》を開祖とする甲源一刀流が広まって久しく、高麗郡の比留間家を初めとする高弟も多い。この甲源一刀流しかり天然理心流しかり、騒ぎが起きれば一門を率いて駆け付け、郷土を護るために戦おうとする気構えを常に忘れぬ猛者たちが居る以上、中途半端な輩がおかしな真似をしようと試みても、上手くいくはずがなかった。

半蔵にしてみれば放っておいたところで大事はあるまいと割り切り、素知らぬ顔を決め込むこともできただろう。

だが、今の半蔵は慢心していた。

笹子峠の浪人どもを打ち倒してしまえば必ずや、すぐに噂になるはずだ。

影御用を務める身で正体を明かすわけにはいかないが、何者かがたった一人で無頼の徒を退治してのけたという話が広まれば、溜飲《りゅういん》も下がるというもの。

そんな軽い気持ちで宿場町から抜け出し、笹子峠を目指したのであった。

四

その頃、江戸では佐和が招かれざる客の訪問を受けていた。

「貴方《あなた》さまは……」

「三村右近ですよ、奥方様」

戸惑う佐和に向かって、右近は明るく微笑みかける。

今日は御成先御免の着流しと黒羽織ではなく私服の羽織袴に身を固め、西日の射す玄関に、りゅうとした立ち姿を示していた。

むろん、男ぶりの良い客が来ただけで色めきだつ佐和ではない。

逆に、先日に続いて非礼な真似をするものだと呆れていた。

中間や女中を介さずに玄関から直《じか》に呼び出すとは、礼儀に反する上に解せないことだった。

来客があれば必ず取り次ぐように、奉公人には日頃から言い聞かせてある。

なぜ今日に限って、誰も出てこないのか。

「家中の者どもは如何《いかが》いたしましたのか、三村様」

「声はかけたんですがねぇ……忙しいんじゃありやせんかい」

何食わぬ顔で答える右近が屋敷に忍び込み、中間と二人の女中を次々に襲って失神させたことに、佐和は気付いていない。

「それじゃ、失礼いたしやすよ」

右近は雪駄《せった》を脱ぎ、半ば強引に上がり込んだ。

佐和は小さく溜め息を吐《つ》いた。

この三村右近という男はつくづく分を弁《わきま》えぬ、身勝手な質《たち》らしい。

好き勝手にされるよりは上に立ち、指図をしてやったほうがマシであろう。

夫の留守に、落ち度があってはなるまい。

招かれざる客であればこそ、後で笠井の家は為っていないと悪い噂を流されぬように、礼儀正しく応対する必要があるというもの。

佐和が斯様に考えてしまったのも、右近にとっては好都合。

「どうぞ、こちらへ……」

「へーい」

先に立った佐和に続き、廊下を渡る足取りは軽い。

前を行く佳人の襟足を眺めつつ、ほくそ笑む表情もご機嫌だった。

まだ、半蔵が屋敷に戻る気遣いはない。

影御用を命じた当人である勘定奉行の梶野良材に会い、聞き出した情報なのだから間違いあるまい。

右近を飼っている鳥居耀蔵と良材は、かねてより手を組んでいた。

目付に勘定奉行と就いている職こそ違えど、老中首座の水野忠邦のお気に入りなのは一緒だからだ。

幕政の改革に邁進《まいしん》する忠邦の意を汲《く》んで、耀蔵と良材は密かに動いている。

良材が半蔵に、そして耀蔵が三村兄弟に密命を下し、人知れず影の御用を務めさせるのも、詰まるところは忠邦のためなのだ。

とはいえ、佐和を襲えとは誰も命じていない。右近が勝手に思い立ち、実行に移したことであった。

佐和が背後から抱きすくめられたのは廊下に膝を揃え、右近を招じ入れるべく客間の障子を開けかけたときだった。

「ぶ、無礼者！」

「それそれ、そのイキの良さが堪らぬわ。はははは」

慌てて腕の中から這《は》い出た佐和を、右近は楽しげに見返す。

人の妻に岡惚《おかぼ》れした末の所業ではない証拠に、両の目は醒めていた。

たとえ歪んだものであろうと、相手に愛情を抱いて取った行動ならば、視線は熱を帯びているはずだ。

しかし、右近は違う。

一度はわざと逃がした上で、じわじわと追い込んで苦しめてやろうという邪悪な思惑を感じさせる、醒めた目をしているだけであった。

「おのれ……」

背筋に冷たいものを感じながらも、佐和は右近を果敢に睨み付ける。

これ以上の無体《むたい》に及ぶつもりならば鴨居の薙刀《なぎなた》を手にして痛め付け、愚かさを骨身に染みて思い知らせてやるつもりだった。

されど、右近の態度は余裕綽々《しゃくしゃく》。

佐和が手を伸ばすより早く、鴨居から薙刀を奪い取る。

「ふっ、巴形《ともえがた》か……そなたが如きじゃじゃ馬には、ふさわしき代物《しろもの》だの」

うそぶく右近の口調は、いつもの伝法なものではない。

こうして袴をきちんと穿き、身なりを整えて武家らしい言葉を用いるのが本来の姿だったのだ。

とはいえ、装いさえ折り目正しければ人柄も良いとは限らない。

男らしい外見に似合わず、右近の言動は唾棄《だき》すべきものだった。

「ふふふ、陽のあるうちから事をいたすは乙《おつ》なものよ。そなたもせいぜい楽しむがよかろうぞ。連日の男日照りを鎮めて遣わそう」

「お黙りなされ、恥知らず！」

鞘《さや》を払った薙刀《なぎなた》を突き付けられ、部屋の隅へと追い詰められながらも、佐和は気《き》丈《じょう》に言い返さずにはいられない。

それでも右近は動じない。

「はははは、もっと何か言うてみよ、もっとだ」

「くっ……」

佐和は悔しげに歯噛みする。呆れて話にならなかった。

こんな男に無体をされては堪らない。

（お前さま、助けて……お前さまー！）

心の内で叫んでいなくては、今にも気を失ってしまいそうだった。

五

陽は西の空に傾いていた。

半蔵が峠を登ってから、早くも一刻近くが経《た》っている。

しかし、まだ片は付いていない。

それどころか、半蔵はかつてない窮地に追い込まれていた。

隙を突いたつもりとはいえ、昼日中から急襲したのは無謀であった。

南町奉行所の検挙率を上げるため、江戸で人知れず悪党退治を繰り返していた頃の半蔵であれば、もっと慎重に行動したに違いない。

もしも仕損じれば敬愛する南町奉行の矢部定謙を支えるどころか、逃げた悪党どもが更なる凶行を引き起こし、手柄を立てさせるつもりが迷惑をかけてしまうと分かっていたからだ。

ところが、半蔵が甲州街道を辿《たど》りながら果たしてきた悪党退治は、確実に事を為しているようでいて雑だった。

名を明かすことができぬのは仕方のないこととしても、もっと時をじっくりとかけた上で、悪党どもが土地の人々にどのような難儀を強《し》いているのかをつぶさに確かめてから、決行するべきであった。

しかし半蔵は調布でも府中でも通り魔の如く相手を打ち倒し、そのまま現場を後にしただけなのである。刃引きで悶絶《もんぜつ》させたのを放り出し、土地の役人に身柄を引き渡すこともせず、後を見届けようともしなかったのだ。

そんな雑なやり方が、いつの間にか身に付いていたことが半蔵にとっては災いの始まりだった。

笹子峠に立て籠もった浪人一味は、何の策も講じずに挑みかかって倒せるほど甘い連中ではなかったのである。

半蔵の打ち込みはことごとく受け止められ、あるいは受け流されて、返す刃で危うく斬られそうになっては、辛《かろ》うじてかわすばかりだった。

敵の攻めを避ける瞬間には、どうしても隙が生じてしまう。その隙を浪人どもは見逃さず、半蔵を追い込んだのである。

間合いを詰めれば刀槍だけではなく拳《こぶし》を振るい、少しずつ体《たい》の捌《さば》きを鈍らせて、力を削《そ》いでいったのだ。

気配を殺して慎重に忍び寄り、殺さぬまでも一人ずつ当て身で失神させて頭数を減らしていけば、勝機を見出《みいだ》すこともできただろう。

だが、正面から挑んだのは無謀すぎた。

十人余りならば大したことはない、江戸においても同じ程度の集団を独りきりで相手取って倒してきたという慢心こそが、半蔵の最大の隙だった。

悔いたところで、もう遅い。

今の半蔵が為すべきは、敵地から脱出することのみ。

見つかれば、後はないのだ。

「探せ、探せ！」

「猪口才《ちょこざい》な奴め、このまま捨て置きはせぬぞ！」

殺気立った声を上げながら、浪人どもが駆け回る。

いずれも食い詰めて弊衣蓬髪《へいいほうはつ》に成り果て、袴を穿いて二刀を帯びていなければ武士とは思われぬ者ばかりだった。

頭数は一人も欠けていない。

急襲したところまでは良かったが、半蔵は後が続かなかったのだ。

思わぬ苦戦を強いられたからには、逃げ出すしかあるまい。

だが、敵は執拗《しつよう》だった。

「まだ見つからんのか!?」

「草の根分けても探し出すのだ!!」

半蔵がたった一人で挑んできたのは自分たちを軽んじてのことと見なし、どうあっても返り討ちにしてやりたいのだ。

茂みに身を伏せたまま、半蔵は生きた心地がしなかった。

帯前から鞘ごと抜いた脇差《わきざし》を抱えて手足を縮め、首を引っ込めている。

少年の頃に八王子の戸吹村に預けられていた半蔵の身を案じ、しばしば様子を見に来てくれた、亡き祖父の村垣定行から教わった隠形術《おんぎょうじゅつ》である。

その姿から鶉隠れ《うずらがく》と呼ばれる術の特徴は、体ばかりか顔まで伏せ、自ら視界を封じることによって、敵への恐怖心を抑える点。

されど、この隠形術とて万全なものではない。

見つかってしまえばすぐに動けぬ体勢のため、一刀の下にやられてしまうのは目に見えていた。

子どものときにはおかしな姿になるのを面白がり、村の悪ガキたちと隠れんぼに興じる折にしばしば用いて喜んでいたものだったが、死の瀬戸際に立たされた今は気が気でなかった。

（情けない……）

半蔵は己の短慮を悔いずにはいられなかった。

どのみち祖父譲りの忍びの術を用いるならば早駆けの技を駆使し、八王子まで一気に駆け戻って、旧知の蔵六と正作に加勢を頼むべきだったのだ。

自分の力を過信し、独りで事を為して鼻を明かしてやろうとしたために、報いを受けてしまったのだ。

これまでに街道筋で倒してきた連中よりも、浪人どもは強かった。

無頼の徒に身を落としても、かつて学び修《おさ》めた剣の腕は衰えていない。きちんと修行を積んでいない、博徒や無宿の旅鴉《たびがらす》とは格が違うのだ。

その上に、一挙一動が剣術の技の形に囚《とら》われていない。

刀と体をさばく手順など細かく考えず、要は相手を動けなくしてやって、殺すことができればいい。

単純にして明快な目的の下に振るう凶刃に、半蔵は抗しきれなかった。

無理に斬ろうとせず、打ち倒すことのみに徹するならば最適の得物と見込んだ刃引きも通用しなかった。

手許に残ったのは脇差のみ。

「くっ……」

愛用の一振りと共に半蔵の自信は失われ、息を潜めるばかり。

悔しさの余りの歯嚙みさえ、今は控えざるを得ない。

未熟な我が身が情けない。

佐和のことを思い出す余裕もなく、もはや万事休すだった。

第五章　九死に一生

一

昼下がりの屋敷内は静まり返っていた。

先程から、佐和は声を上げることができずにいる。

右近が抜き身の薙刀《なぎなた》を突き付け、身動きを封じているのだから当然だろう。

帯前の懐剣《かいけん》を抜いて応戦を試みたところで、間に合うはずもなかった。

得物の優劣以前に、立ち向かえるだけの技倆が備わっていないからだ。

夫の半蔵を含めた男たちが遠く及ばぬほどに気が強くて度胸もあり、弁が立つ上に算勘《さんかん》の才も並外れて秀でている佐和だが、武芸に関しては、ほんの嗜《たしな》み程度しか身に付けてはいなかった。

武家の女人の心得として、佐和は娘時分に薙刀と小太刀を学んでいた。

半蔵を婿に迎えてからも時には稽古を忘れず、三日に一度は木製の薙刀を庭に持ち出して素振りに励《はげ》んだり、女中たちに相手をさせて、技の形をお復習《さら》いすることを心がけてきた。

不心得者の若党や中間の類ならば、佐和とて後れを取りはしない。女だてらにわざわざ腕を振るうまでもなく、持ち前の気の強さで圧倒し、退散させるぐらいは雑作もないからだ。

しかし、相手が悪すぎる。

一廻り（一週間）に二度ほどの稽古で、右近ほどの手練《てだれ》に立ち向かえるだけの域に到達できるはずがない。短刀を抜こうとしても間に合わず、一刀の下に斬り捨てられるか、あるいはわざと急所を外して浅い傷を負わせるにとどめ、不埒《ふらち》を働くであろうことは目に見えていた。

力では、最初から敵《かな》うはずもない。

右近ならば、丸腰であろうと佐和を苦もなく組み伏せることができるはず。にも拘《かか》わらず得物を取り上げ、刃を向けるとは卑怯千万。

よほど性根が腐っていなければ、斯様《かよう》な振る舞いになど及ぶまい。

案の定、右近は平然と告げてきた。

「されば佐和様、そろそろ帯を解いていただこうか」

「……そなた、卑怯《ひきょう》とは思わぬのですか」

暫《しば》しの沈黙の後に、佐和は答える。

「女子に本身を突き付けて首を縦に振らせようとは、恥を知りなされ」

静かな口調の中に、鋭い怒りを込めた一言だった。

されど、右近はまったく動じない。

楽しげに頬を緩め、佐和の言葉に耳を傾けていた。

「ふっ。助けを乞うのも、いちいち高みに立って物を申さねば気が済まぬか」

「……左様に思いたくば、勝手になされ」

呆《あき》れた様子でつぶやいて、すーっと佐和は両手を上げた。

解いた帯を畳に落とし、着物の前を片手で押さえながらも、昂然《こうぜん》と前に向けた顔は動かさない。

凶刃に屈しても、気持ちの上では負けるまい。

不屈の意志を瞳にみなぎらせ、右近をキッと睨《にら》み付けていた。

「それでいいのだ」

右近は嬉しげに笑った。

素直に屈服する女など、面白くも何ともない。

気高《けだか》く美しい佐和だからこそ、恥辱を与えてやる甲斐《かい》もある。

愉悦を覚えつつ、右近は更なる要求を出していく。

「次は着物じゃ。早うせい」

高みに立っての物言いだった。

手にした薙刀の切っ先は、ぴたりと前に向けられている。

佐和が逃げ出そうとすれば即座に繰り出し、動きを封じることができるように右近は得物を構えていた。

座敷の中は静まり返っている。

助けに来る者は誰もいない。

中間と女中たちは気を失ったままである。

「さ、早う!」

右近が声を荒らげる。

佐和は思わず目を閉じた。

震える手で襟を拡げていき、着物を肩から滑り落とす。

求めに応じたと見せかけたのは、短刀を抜く隙を作るためだった。

だが、右近は万事をお見通し。

「夫婦揃うて甘いのう！」

嘲りの声を浴びせざまに、さっと薙刀を一閃させる。

狙い違《たが》わず、短刀が弾け飛ぶ。

襦袢姿の佐和がよろめいた。

対する右近は嗜虐《しぎゃく》の笑み。

薙刀の柄を旋回させ、思い切り打ち据えようとする。

「く！」

佐和は思わず目を閉じる。

次の瞬間、カーンと音が上がった。

右近の一撃を阻んだのは小柄な男。

後ろ腰から抜いた木刀を横一文字にして頭上に突き上げ、勢い込んで振り下ろされた薙刀の長柄を受け止めたのだ。

体《たい》のさばきは敏捷《びんしょう》なのに、頬被りから覗いた顔は年寄りじみている。

窮地に駆け付けたのは、勘定奉行付きの小者だった。

孫七、二十二歳。

御庭番くずれの孫七は飼い主の梶野良材の命を受け、かねてより佐和を密かに監視していた。

半蔵が影御用の旅に出て以来のことである。

良材は半蔵を信用していない。

いずれ落ち目になることが決まっている定謙に入れあげ、命じてもいない南町奉行所の捕物の手伝いにばかり血道を上げるようでは、先が思いやられる。

扱い難くはあるが、半蔵が有能なのは事実。

二百人近い勘定所の配下たちの中で半蔵ほど剣の腕が立ち、忍びの術まで併せ修めた者など他にいない。

基本が真面目に出来ていて、何事も怠《おこた》らない性分なのも都合がいい。

他の者に影御用を命じたところで、上手くいくとは限らない。

この先も半蔵を上手く飼い慣らすためには、弱みを握る必要がある。

そこで佐和に目を付け、子飼いの孫七に監視させていたのだ。

だが、命じた相手が悪かった。

孫七は、かねてより佐和に好意を寄せていたのである。

あくまで純な想いであり、佐和をどうこうしようというわけではない。

図らずも良材から監視役に命じられたのを幸いとばかりに、陰で見守るだけで満たされていた。

なればこそ、右近の不埒な真似が許せなかったのだ。

嚙み合った木刀と長柄が、ぎりっと鳴る。

一瞬だけ呆気《あっけ》に取られた右近も、今は平静を取り戻していた。

「この小者め、血迷うたか」

「………」

孫七は答えない。

手にした木刀は微動だにしない。

鍛えられた腕と足は太く、身の丈こそ低くても体の軸は安定している。

長身の右近が上から押し付けてくる長柄に屈することなく、押し返す動きは力強いものだった。

だが、右近の取り柄は剛力だけではない。

刀であれ槍であれ、手にした得物を臨機応変にさばき、敵に応じて圧する術を心得ているのだ。

ふっと孫七の手許が軽くなった。

合わせた長柄を、右近が自ら外したのだ。

巴形《ともえがた》に特有の、大きく反った刃が足下に迫り来る。

「む！」

孫七が呻《うめ》き声を上げた。

跳躍して凶刃を避けた次の瞬間、みぞおちに突きを見舞われたのである。

佐和から奪った薙刀を、右近は軽々と使いこなしていた。

振り抜く勢いで長柄を旋回させ、石突で突きを入れる動きに澱《よど》みはない。

槍よりも攻めの動作が大きく、空振りすれば体勢を立て直すときに余計な隙が生じてしまう。

そこに付け入るつもりでいた孫七が近間へ踏み入ることを許さず、右近は長柄の先端を喰らわせたのだ。

こちらから飛びかかろうとしたところを狙われただけに、反動も大きい。

孫七は軽々と吹っ飛ばされ、障子を突き破って縁側に転がり落ちる。

失神したのを目の隅で確かめると、右近は佐和に向き直った。

「そなた、残念であったのう」

へらへらと笑いながらも、投げかける視線に隙はない。

負けじと見返す佐和は、いつの間にか着物を羽織っていた。

締めていたのは襦袢用の扱《しご》き。結ぶのに手間のかかる帯の代わりに扱きを一旦ほどき、右近と孫七が争っている間に着物の上から締め直したのである。

取り急ぎ装いを正した上で、佐和は短刀を構えていた。

逃げることなく踏みとどまって、右近と再び戦うつもりなのだ。

美しい顔に迷いはない。

このまま脅されて恥辱を受けるよりは、力の限りに戦い抜いて死ぬことを選ぶべきだと思い定めていた。

二

「良き覚悟だな。そう来なくては、面白くない……」

右近は不気味な声で笑った。

対する佐和は無言のままだった。

短刀の峰を右腕にぴたりと沿わせ、斬りかかる機を窺っている。

半蔵が不在で奉公人たちも制されてしまった以上、この笠井家を護るのは自分しかいない。敵わぬまでも挑みかかり、意地を示さねばなるまい。そんな決意をみなぎらせ、右近から片時も目を離さずにいるのだ。

「さ、今一度かかって参れ」

「言われずとも、そうさせてもらいましょう」

決意も固く、佐和は答える。

「ふっ……」

右近はまたしても微笑んだ。

「まこと、良き覚悟であるな……女にしておくのが惜しい限りぞ」

そんなことを言って褒めながらも。佐和に向けた視線はいやらしい。

孫七の出現で削《そ》がれた興を再び催《もよお》し、不埒を働くつもりなのである。

続いて語りかける口調も、余裕に満ちたものだった。

「それ、どこからなりと参るがいい」

悠然と告げた刹那《せつな》、天井裏から予期せぬ声が聞こえてきた。

「そうなのかい？　だったら、遠慮なしに行かせてもらうとするぜぇ」

伝法な口調で喋る武士は、町奉行所の廻方同心ばかりではない。

若い旗本にも負けず劣らず、くだけた言葉遣いをする者は多かった。

忽然《こつぜん》と現れたその男は、身なりも無頼漢そのものであった。

胸元を大きく拡げた、だらしのない着流し姿をしていても、帯だけはきっちりと締めている。

大小の二刀は鞘の角度が畳と平行の、見事な閂《かんぬき》の形を成していた。

「何者だ、おぬし！」

「誰でもねーさ。ただの通りすがりの閑人《ひまじん》よ」

うそぶく男の名前は村垣範正、二十九歳。

半蔵の腹違いの弟である。

村垣家の正室から生まれた範正は元服後に分家を立ててもらい、すでに妻子を得ている身。

その役職は将軍の外出に同行し、身辺を警固する小十人組。

剣の腕は兄の半蔵とほぼ同等で、実戦の経験は上を行っていた。

「さ、一丁やろうじゃねーか」

半蔵と瓜二つの顔をほころばせ、範正は不敵に笑いかけた。

体つきは兄よりも細身だが、全身が引き締まっている。

着流しの裾から覗いた臑《すね》も、色こそ白いがたくましく張っていた。

対する右近は動揺を隠せない。孫七を軽くあしらったときとは一変し、相手の手強《てごわ》さをひしひしと感じ取っていた。

範正にしてみれば、遠慮など無用だった。

この状況を前にすれば、右近が無体《むたい》を働こうとしたのは一目で分かる。

兄が留守にしているのを気にかけて、訪ねてみたのは正解だった。

範正は刀の鞘を払った。

「おい、どうした?」

呼びかけつつ、じりっと間合いを詰める。

「いつまでも女物の薙刀なんぞ持っていねーで、自前の一振りを抜いてみな」

「おのれ、言わせておけば!」

右近が怒声を張り上げた。

手にした薙刀を放り出し、腰の刀に手を掛ける。

右手で柄を握り込みながら、左手で鞘を速やかに引き絞っていた。

刹那、激しい金属音が上がった。

噛み合った刃が、ぎちっと鳴る。

範正は右近が抜き打ちに仕掛けてくると見抜き、遅滞なく近間へと踏み込んでいたのだ。

「へっ、刀勢《とうせい》はなかなかあるじゃねーか」

鍔競《つばぜ》り合いをしながらも、範正は余裕を失わない。

「お前さん、剣の修行はしっかり積んだ身らしいな」

「ならば、どうした」

「せっかくの腕をくだらねーことに使ってばかりじゃ、師匠が泣くぜ」

「うぬの知ったことではないわ」

「そうかい……」

ふっと笑うや、範正は表情を引き締める。

柄を握った両手に力を込める。

着流しの袖から覗いた腕の筋が、ぐわっと盛り上がった。

「むむ……」

右近が動揺の呻きを上げた。

合わせた刃を押し付けられ、踏みとどまっていられなくなったのだ。

半蔵と瓜二つの顔は、浅黒い兄と違って色白である。

江戸の旗本らしい鯔背《いなせ》な雰囲気を漂わせる一方で、半蔵に劣らぬ精悍さを兼ね備えている。今も手練の右近を圧倒する、強者ぶりを示して止《や》まずにいた。

このままでは、勝負にならない。

いつもの右近であれば、範正とも互角だっただろう。

しかし、今は気を呑まれてしまっている。

佐和を手籠《てご》めにしようと昂ぶっていた上に、軽くひねったとはいえ孫七と一戦交えた後だったため、持てる力を十全に発揮できずにいたのだ。

対する範正は、座敷に乗り込んできたときから落ち着き払っていた。

好意を抱く義姉が悪党に手籠めにされかけたのを目の当《ま》たりにしても、怒る前に冷静な対処を心がけ、いち早く背中でかばっていた。

もはや、右近に手を出す余地はなかった。

「さーて、お前さんどうするね？」

右近を威嚇《いかく》するために、わざわざ口調を改めたわけではない。

無頼漢さながらの伝法な言葉は、小十人組の御用を務める折を除き、日頃から当たり前に用いているものである。

なればこそ板に付いており、いつでも自然に言い放つことができるのだ。

「今のうちに退《ひ》いてくれるんなら見逃してやるぜぇ。どうだい」

ゾロリとした言葉を並べ立てながらも、腕に込めた力は変わらない。

「くっ……」

堪《たま》らずに右近は刀を引いた。

間を置かず、だっと廊下に逃れ出る。

約束どおり、範正は後を追おうとはしなかった。

「これでよろしいですかい、義姉さん」

「構いませぬ……」

佐和は範正の手を借りて立っていた。

範正の背後にかばわれながらも気丈に短刀を構え、右近に立ち向かう構えを見せていたのが、安堵の余りによろめいたのだ。

ともあれ、今は命を拾ったことを喜ぶべきだろう。

「さぁ、ひとまず落ち着きなせぇ」

刀を鞘に納めると、範正は佐和を縁側に座らせた。

「水でも汲んできましょうか」

「ならば範正殿、あの者を先に介抱してやってはいただけませぬか」

感謝の笑みを返しつつ、佐和は孫七に視線を投げかける。

「何処《いずこ》より参りし者かは存じませぬが、おかげで助かりました故……」

「そうでしたかい……そんなら、無下にもできませんねぇ」

ふっと範正は苦笑する。

佐和に情けをかけられた孫七に、嫉妬《しっと》の念を覚えたわけではない。

ありふれた小者のようでいて、実は孫七が忍びの者であることを範正はかねてより承知の上。

以前から佐和の周囲に監視の目を張り巡らせていた孫七は不覚を取り、範正に正体を看破されていたからである。

一度は見逃した範正も、二度まで知らぬ顔を決め込むつもりはなかった。

孫七とて主命を受けて行動しているのだろうし、自分も宮仕えの身であるだけに立場は分かる。

兄夫婦に危害を加えぬ限りは放っておくつもりだったが、まさか義姉の窮地を救ってくれるとは、思ってもいなかった。

ひとまず、正気を取り戻させなくてはならない。

範正は孫七を抱え起こし、活を入れる。

「おい、しっかりしねぇ」

「………………」

息を吹き返した孫七は、硬い表情で範正を見返した。

「安心しろい。義姉の恩人をどうこうしようってつもりはありゃしねーさ」

佐和には聞こえぬように耳許で告げる、範正の口調は柔らかい。

「もう一遍だけ見逃してやるぜ……さ、早く行きねぇ」

「……良いのか」

「俺の気が変わらねーうちに、とっとと行っちまいな」

戸惑う孫七に、にっと範正は微笑み返す。

この男が体を張って佐和の命を護ってくれたことは、みぞおちの青痣《あおあざ》を見れば察しが付く。薙刀の石突で突きを見舞われた跡だった。

突かれた瞬間に自ら後ろへ跳び、勢いを殺したのが幸いしたらしく、骨までは折れていない。

重傷には違いない以上、早く医者に行かせたほうがいい。

それに、佐和とむやみに口を利かせたくはなかった。

孫七は、かつて公儀の御庭番衆だった男。

八代吉宗公が創設した当時から代々御用を務めてきた一族とはいえ、村垣家を始めとする紀州藩士の中から抜擢《ばってき》されて任に就いた御庭番十七家ではなく、下忍の末裔であった。

それが孫七の代になって抜け忍となり、追われる身となったのだ。

勘定奉行の梶野良材は、孫七を保護した上で子飼いにしている。

良材は村垣家と同じく、御庭番十七家の一つに数えられる梶野家の当主。

本来ならば抜け忍を速やかに捕らえて連行すべき立場なのに、勝手に使役しているのだ。

何故に、良材がそんな真似をしているのかは定かでない。

兄の半蔵に影御用と称して密命を下すだけでは飽きたらず、なぜ御庭番くずれの孫七まで使い立てする必要があるというのか。

範正の疑問は尽きない。

されど、恩を仇《あだ》で返すわけにはいかなかった。

義姉を窮地から救い出し、異変に気付いた範正が玄関から駆け付けるまでの時を稼いでくれたからには、この場は見逃してやりたかった。

乱れた襟元をさりげなく直してやり、範正は手を貸して立ち上がらせる。

その背に向かって、佐和の呼びかける声がする。

「こちらへ連れてお出《い》でなされませ、範正殿」

「え？」

「私の命の恩人なれば、お礼を申さねばなりますまい」

「いえいえ、そんな真似にゃ及びませんよ」

孫七が口を開くより早く、範正は笑顔で言った。

「ちょいと玄関まで送って参りますぜ、義姉さん」

「されど、このままでは……」

「礼なら俺が言っておきますよ。そのまま、そのまま」

寄って来ようとするのを制し、範正は孫七を連れて歩き出す。

背中に手を回して支えてやりながら、そっと耳許で念を押すのも忘れない。

「お前さん、こういう次第で文句はあるめぇな？」

「……文句など、言えた義理ではあるまいよ」

「へへっ、いい心がけだぜ」

答える範正の口調に嫌みはない。

玄関先で倒れたままでいる中間にこれから活を入れ、孫七を医者の許に連れて行かせるつもりであった。

陽は西の空に大きく傾いている。

長い夏の日も、そろそろ暮れる時分だった。

三

山間《やまあい》の地では日暮れも早い。

笹子峠に立て籠もった無頼の浪人どもは、姿を消した半蔵を捜し出すのを断念したところだった。

「すばしこき奴であったが、まさか公儀の御庭番ではあるまいな？」

「馬鹿を申すな。幾らか敏捷ではあったが、そこらの田舎剣客であろうよ」

「されば、報奨でも稼ぐつもりで我らに挑んで参ったという次第か」

「さもあろう。腰抜けの宿場役人どもでは、我らのことを手に負えるはずがないからのう。はははははは……」

十余名の浪人は余裕の態度を取っていた。

半蔵の奇襲を受けはしたものの、一人も頭数を欠いてはいない。

刀も体力も損傷しておらず、行方を捜すのにむしろ疲れていた。

「ともあれ、警戒を怠るでないぞ」

髭面《ひげづら》の頭目が一同に呼びかけたのは、夜陰に乗じて急襲してくる者を迎え撃つためだった。

もとより剣術修行を通じて夜目が利くとはいえ、明かりの絶えた暗闇の中では思うままには動けない。

とはいえ、下手に火を焚けば自ら居場所を知らせるようなものである。

まだ日の高いうちに持ち場を決め、宿場役人が忍び寄って来るのに備えておく必要があった。

たとえ相手が弱者の集まりでも、油断をすれば付け込まれる。

浪人どもは三々五々、頭目が定めた持ち場に散っていく。

半蔵が身を潜めた茂みにも、二人が歩み寄ってきた。

「あの猪口才な田舎侍め、何《いず》れの手の者であったのかな」

「愚かな賞金稼ぎの類であろうよ。捨て置け、捨て置け」

二人の浪人は自信満々だった。

その腕の程は、半蔵も重々承知の上。

今再び、好んで立ち合いたいとは思わない。

されど、いつまでも戦わずに済ますわけにはいくまい。

良材から命じられた影御用は、この浪人一味を叩き潰すまで終わらない。

これまでに街道筋で雑魚《ざこ》どもを倒してきただけでは、御用を果たしたことにはならないのだ。

江戸に戻るために、どうあっても退治する必要がある。

だが、敵は手強い。

正面から挑んで歯が立たなかった以上、日が暮れるのを待ち、密かに一人ずつ倒していくしかなかった。

身を潜めたまま、半蔵は辛抱強く待つ。

通りすがりに足を踏まれても声ひとつ上げることなく、黙したままでいた。

浪人どもは二間《けん》と離れていない場所に腰を下ろすと、手持ちの握り飯と竹筒に汲んだ水で腹拵えをし始める。

半蔵がすぐ近くにいるとは、二人とも気付いていない様子だった。

今少しの辛抱である。

速やかに、反撃を開始するのだ。

程なく、笹子峠が夕日に染まり始めた。

半蔵は顔を伏せたままで、黙々と待つ。

残映が消えた刹那、おもむろに鶉隠《うずらがく》れを解く。

刃引きを失った今は、脇差《わきざし》だけで何とかするしかあるまい。

ところが、鞘を払う余裕は与えられなかった。

腰を上げるより一瞬早く、二人の敵は左右に跳ぶ。

「とうとう動いたな、鶉さん」

「おやおや、ずいぶんと大きいのが潜んでおったものだなぁ」

浪人どもは慌てることなく手槍を構え、左右から半蔵に狙いを定めていた。

手槍とは就寝中に襲われた場合に備え、布団の下に置いておくのが可能なために枕槍とも呼ばれる、三尺柄の得物である。

二人は半蔵が身を潜めているのを承知の上で悠々と腹拵えをし、動き出すのを待っていたのだ。

近間から槍を向けられていては身動きが取れない。

「立てぃ」

脇差を取り上げられた半蔵は、仲間の浪人どもの許へと引きずられていく。

「ほほう、珍客がお越しらしいな」

小さく焚いた火を前にして、頭目がにやりと髭面をゆるめる。

集まってきた他の面々も、揃って嗜虐《しぎゃく》の笑みを浮かべていた。

四

笹子峠の夜が更けてゆく。

半蔵にとっては、悪夢の如き一時《いっとき》だった。

時間としては、まだ四半刻《しはんとき》も経《た》ってはいない。

にも拘わらず、半蔵はぼろぼろにされてしまっていた。

「ほれ、早うかかって参れ」

よろめく半蔵を前にして、余裕の態度でうそぶくのは大柄な浪人。

身の丈はほぼ同じだったが、体つきは相撲取りほどもある。

面構えも不敵そのもので、負ける様子がまったくない。

対する半蔵は痣だらけにされていた。

髭面の頭目から名指しされた浪人は、先程から半蔵をいたぶっているのだ。

「いいぞ諸岡《もろおか》！」

「やれ、やれ！」

退屈しのぎの座興を見物しに、焚き火の廻りに半分の浪人が集まっていた。

残る半数は役人たちを警戒し、分散して見張りの任に就いている。

共に得物を持ってはいない。

大小の二刀を仲間に預けた諸岡は、その巨軀のみで半蔵を圧倒し、仲間を大いに湧かせていた。

得物を振るっても太刀打ちできぬ実力の差を顧みず、たった一人で挑んできた半蔵をひと思いに殺すことなく、痛め付けて喜んでいるのだ。

浪人どもは手持ちの銭を賭け合い、どちらが勝つかと見守っていた。

諸岡が仲間内で抜きん出て強く、素手でやり合って勝てる者がいないのは誰もが承知の上のことである。

されど、半蔵に勝機が無いとも言い切れない。

無謀にも白昼堂々の奇襲を敢行し、斬れぬ刃引きで一味を打ち倒そうと試みた度胸は、買ってやってもいい。

人を斬る腕こそ持ち合わせていなくても、体さばきは忍びの者を思わせるほど俊敏な上に力強い。

おまけに身の丈が六尺近いとなれば、少しは期待できるというもの。

死に物狂いで挑めば、さすがの諸岡も危ないのではないか。

あぐらをかいた膝の前に賭け銭を置いた浪人どもは嬉々として、二人の争いを見物するのに興じていた。


「行け、行け！」

「助かりたくば死ぬ気でやれい！」

声援とも言い難い、嘲《あざけ》りを込めた声を受けながら、半蔵は懸命になって挑みかかっていく。

だが、諸岡には拳《こぶし》も蹴りも通じない。

諸肌《もろはだ》を脱いだ巨軀は赤銅色《しゃくどういろ》に日焼けしており、焚き火の炎を照り返す姿は仁王像の如くに筋骨隆々。

剝《む》き出しになった腕は、子どもの胴ほども太い。

胸板の張りも際立って分厚く、腰を入れて半蔵が突きをぶち込んでも、涼しい顔をしているばかり。

「く……」

宵闇《よいやみ》の中、半蔵の息は荒い。

対する諸岡は、まだ余裕十分だった。

「遊びはこのぐらいでよかろう……」

黙って煙管《キセル》を吹かしていた頭目が、おもむろに言った。

にやりと笑うや、諸岡が突進する。

刹那、強烈な張り手が半蔵を吹っ飛ばす。

これまで喰らったのは手を抜いた打撃だったと気付いた瞬間、たちまち意識が遠のいていく。

「やれやれ、とんだ大損をこいたのう」

賭け銭を取り合う配下たちをよそに、頭目が歩み寄ってくる。

「さすがだな、諸岡」

自らの手で、引導を渡すつもりなのだ。

近間に仁王立ちになると同時に、両の手がゆるゆると腰の刀に伸びていく。

油断をしているわけではない。据え物斬りをするかの如く、動けぬ半蔵を抜き打ちの一刀で仕留めるつもりなのだ。

草むらに倒れ込んだ半蔵はまだ、辛《かろ》うじて意識を保っていた。

しかし、思うように動けない。

このまま為されるがままに、御様御用《おためし》に供された罪人の亡骸《なきがら》と同様に、五体を断たれてしまうのか――。

全身を恐怖が駆け巡る。

痣だらけにされた肌が、ぞわっと粟《あわ》立つ。

頭目が鯉口《こいぐち》を切った瞬間、不覚にも半蔵は目を閉じた。

脳裏に浮かんだのは、江戸で帰りを待つ愛妻の顔。

死を目前にしても、動じぬのが武士たる者の心得。

重ね重ね、未練なことであろう。

もしも乱世の武者がこの様を目の当たりにすれば、半蔵を思い切り叱り付けるに違いあるまい。

それでも、佐和に胸の内で詫びずにはいられなかった。

(すまぬ、佐和……)

ひゅうと風が吹き過ぎる。

血の臭いを孕《はら》んだ、生ぬるい風だった。

最初に異変に気付いたのは、半蔵を斬らんとした頭目。

抜き打ちかけた刀身を無言で納め、背後に向き直る。

配下の浪人どもは賭け銭を分配するのに夢中になっていて、まだ何も気付いていなかった。

半蔵を叩きのめした諸岡は汗を拭き拭き、うまそうに水を飲んでいる。

微かな血臭は、峠の下り口から漂ってきていた。

と、宵闇の向こうで刃がきらめく。

血に濡れた刀身を引っ提げて現れたのは、深編笠の武士だった。

半蔵と同様に、身の丈が六尺近い。

「何奴!」

慌てて向き直った浪人が一人、たちどころに血煙を上げる。

その武士は視界を遮る笠を被ったまま、無造作に振り抜いた一刀で相手の首筋を正確に切り裂いていた。

「おのれ!」

「斬れ、斬れい!」

仲間の浪人どもが即座に挑みかかっていく。

だが、誰一人として武士を捉《とら》えることができない。

斬り付けた刀身は軽やかに受け流され、返す刃を浴びるばかり。
さすがの諸岡も太刀打ちできなかった。
「うおおーっ！」
果敢に張り手を見舞おうとした刹那、ずんっと重たい音がする。
次の瞬間、血煙を上げて巨軀が崩れ落ちる。
最後に残ったのは頭目のみ。
「うぬっ」
怒号と共に仕掛けた抜き打ちも、虚《むな》しく空を斬っただけだった。
対する武士は冷静そのもの。
同じ太刀筋で見舞った袈裟《けさ》がけの一撃が、頭目の肩口に深々と打ち込まれる。
「だらしがないぞ、笠井半蔵……」
頭目がよろめき倒れていく様を横目に、武士は半蔵を叱咤《しった》する。
脱いだ笠の下から現れた顔は、あの三村右近と瓜二つ。
それでいて、漂わせる雰囲気は高潔そのもの。
三村左近、二十八歳。
江戸で兄弟揃って半蔵の命を狙っていた、鳥居耀蔵の子飼いの剣客であった。

第六章　好敵手との一夜

一

「くっ……」
半蔵の肌は粟立《あわ》っていた。
まだ危機は去っていない。
これは目を背けられぬ現実であった。
浪人一味が全滅しても、まだ最強の敵が残っているのだ。
もとより左近は半蔵の味方とは違う。
しかも、段違いに腕が立つのだ。
過日に両国橋下の土手で三村兄弟と対決したとき、半蔵は手も足も出なかったものである。

とどめを刺そうとしたのは兄の左近。

それを寸前で止めたのは、弟の右近だった。

とはいえ、右近は半蔵に情をかけたわけではない。

手練《てだれ》の兄弟に太刀打ちできず、疲労困憊《ひろうこんぱい》して討たれるのを待つばかりの半蔵を斬る値打ちもない未熟者と見なして、嘲《あざけ》った末に立ち去っただけなのだ。

どちらが非情かと言えば、やはり兄の左近だろう。

剣の腕が弟の上を行っているばかりでなく、常に落ち着いて事を判じ、即座に行動に移すことができるだけに、手に負えなかった。

半蔵が歯の立たなかった浪人一味を相手取り、十余名を一人で斬り尽くすことができたのも、常にぶれない落ち着きを備えていればこそと言っていい。

左近に敗れた浪人どもとて、凡百の剣客ではない。

だが、彼らには抜けがあった。

捕らえた半蔵をすぐに斬ってしまえばいいものを、わざと生かしておいて座興に殴り合いをさせるなど、愚《おろ》かなことである。

まして銭を出し合い、賭けに興じるとは呆れた話。

これでは左近に隙を突かれ、全滅させられてもやむを得まい。

世の中に完璧な剣客は多くない。

刀を取って強いだけの者ならば幾らでもいるし、冷静な者もまたしかりだ。

両方の資質を等しく兼ね備えた者は稀《まれ》である。

どんなに強かろうとも心が弱い、あるいは移り気なために隙が生じやすければ必要なときに持ち前の力量を発揮しきれない。逆にどれほど沈着冷静でも、肝心の実力を伴っていなくては、戦いの場に立ったところで意味はあるまい。

いつ何時でも動揺せず、高い実力を常に発揮できる。

そんな資質を備えていれば負けることは有り得ない。

三村左近は、その稀な剣客の一人なのだ。

腕が立つ上に冷静であり、強さと落ち着きを兼ね備えていればこそ、半蔵の命を救うこともできたのだ。

敵であるはずの半蔵を武州から甲州に至るまで尾行し、笹子峠で囚《とら》われの身となったのを救い出したのは、確たる理由があればこそ。

左近が理由を明かしたのは、半蔵の意識が戻った後のことだった。

二

「気が付いたか、笠井」

「おぬしは……何者だ……」

「命の恩人の顔ぐらいは、しかと見覚えておくことだの」

朦朧《もうろう》としながら問いかけた半蔵に、左近は苦笑を投げかける。

過去に江戸で相まみえたときと同じく折り目正しい、羽織と袴姿であった。

左近は袴の裾を払い、半蔵の傍《かたわ》らに腰を下ろす。

続いて告げてくる口調は、あくまで柔和なものだった。

「私が馳せ参じておらねば、そなたは二度と目覚めずじまいだったであろうよ」

「え……」

草むらに身を起こし、半蔵は唖然とする。

脳裏に浮かぶのは、気を失う寸前の光景。

命を落とす瀬戸際だったのを、半蔵は改めて思い出していた。

それにしても、解《げ》せぬことである。

何故に、左近は助けてくれたのか。

過日に刀を交えた折には完膚《かんぷ》無きまでに打ちのめし、とどめまで刺そうとしたというのに、どうして半蔵の窮地に駆け付けたのだろうか――。

思案が上手くまとまらない。

「ほれ、これでも呑《や》って気付けにせい」

おもむろに左近が竹筒を差し出した。

「か、かたじけない……」

ぎこちなく礼を述べ、半蔵は竹筒を受け取った。

中身は水ではなく、疲労回復に薬効のある桑《くわ》の実を浸した酒。

下戸《げこ》の半蔵でもむせ返ることなく、喉に染み入る薬酒の芳香が心地いい。

夜の笹子峠は静まり返っていた。

吹く風に、もはや血臭は混じっていない。

半蔵が気を失っている間に、左近は自ら手にかけた浪人一味の亡骸《なきがら》を、風下に運んでおいたのだ。

適当に放り捨ててきたわけではない。

髭面《ひげづら》の頭目から巨漢の諸岡に至るまでの十余名は、胸の上で両手を組んだ姿で風下の草むらに横たえられていた。

息の根が絶えているのを確認しながら、左近は労を厭《いと》うことなく全員の亡骸を安置したのである。

弟の右近ならば、とどめを刺した後は指一本触れず、その場に放り出したままにしていたに違いない。

まして、半蔵に手を貸すはずもないだろう。

だが、兄の左近は半蔵を助けた。

斬られる寸前に駆け付け、命を救ってくれたのだ。

助太刀をしてもらえる理由など、何も無い。

むしろ浪人どもに加勢し、率先して半蔵を討つのが妥当なはず。

左近は一体どういう思惑《おもわく》で、殺すのではなく生かすための手伝いをしてくれたのだろうか――。

疑問の尽きない半蔵に、左近はさりげなく語りかける。

「それにしても、おぬしはたくましいの」

「えっ」

「あれほどの大男と殴り合《お》うて、それだけの怪我《けが》で済むとは大したものだ」

馬鹿にしているわけではない。

敵であるはずの半蔵のことを、褒めているのだ。

静かな口調で言葉少なに語りながらも、感心してくれている様子であった。

「いや、それほどでも……」

今度は半蔵が苦笑する番だった。

口調も先程までと違って、はっきりしつつある。

左近が寄越した桑酒の効き目もあっての回復の早さなのだろうが、痣《あざ》だらけにされながらも半蔵が諸岡の猛攻に耐え、左近が駆け付けるまで持ちこたえられたのは持ち前の体力の為せる業《わざ》だった。

もとより、半蔵は勤め先の下勘定所で抜きん出てたくましい。

上背が高いだけでなく体つきも秀でており、目に付きやすい。それが嫌で先頃まで職場では背中を丸め、出仕するときも退出するときも、できるだけ目立たぬように振る舞っていたものである。

そうしなくては人目に付くほど、半蔵がたくましいのも当然だった。

少年の頃から二十歳過ぎまで武州の地に住み暮らし、天然理心流の稽古と野良仕事に明け暮れる日々を送っていたからである。

江戸市中で育った同僚たちは、半蔵ほど下地が出来ていない。

撃剣流行《ばや》りの昨今は算盤侍《そろばんざむらい》といえども道場通いに励《はげ》み、名のある流派の免許を授かっている者も少なくなかったが、剣客として評判を得るほどの域に達した者は一人もいない。

なればこそ勘定奉行の梶野良材は半蔵を見出《みいだ》すまで、配下の中に使える手駒が誰もいないと嘆いていたのである。

勘定所勤めの旗本や御家人の中に、強者がいない理由は明白だった。

多忙な御用を課せられた彼らには、体を鍛え抜くだけの余裕が無い。

勘定職は毎日繰り返し、時間と体力を費やす。外回りの役目と比べて楽そうに見えるが、実のところは消耗が激しい。

そんな役目に就いていて剣術修行に励み、ガンガン鍛えるのは難しい。

生まれつき器用で視力が良く、敏捷《びんしょう》な者ならば、道場に立っても竹刀《しない》を巧みに操って一本取ることができるし、上達も早い。

しかし小器用なばかりでは、真の強さは得られない。

半蔵と同様に力士並みの巨漢と殴り合う羽目になったところで、ほとんどの者は張り手の一撃で伸《の》されるのがオチだろう。

むろん、広い江戸には幾らでも強い剣客がいる。

彼らが半蔵にも増して鍛え抜かれており、足腰も強靱《きょうじん》そのものなのは剣術修行を生活の中心に据え、自由に日々精進できる環境を整えているからだ。

御役に就いた身、それも武芸の修練が役目の一環でもある武官ではなく、座業を専《もっぱ》らとして机に向かい、勤めの合間に多少の稽古を積むのが精一杯の算盤侍が筋金入りとなるのは難しいし、免許皆伝に至るのも至難であった。

算盤侍たちとて、最初から軟弱なわけではない。

上達を期し、短い持ち時間の中で無理をすれば筋ばかりか骨まで痛め、日々の忙しい勤めに障りが生じてしまう。

何よりも、稽古に費やすことのできる時間そのものに限りがあった。

ならば、免許など得られなくても構うまい。

弟子を取って指南をする資格を苦労して得たところで、宮仕えをしている限り、食うに困ることは有り得ない。免許の下の目録《もくろく》か切紙で十分とし、あくまで嗜《たしな》み程度と割り切ればいい。

勘定所勤めの旗本や御家人は、斯様《かよう》に考える者が大半を占めていた。

合戦というものが未来永劫、絶対に起こらないという保障があるならば、それで良いのかもしれなかった。

しかし内憂外患が絶えぬ天保の世に在って、民を統《す》べる立場の武士がこの有《あ》り様《さま》では軟弱に過ぎるというもの。

まして将軍直属の旗本や御家人である以上、たとえ算勘《さんかん》の才を以《もっ》て御奉公する身であろうと武士の本分を常に忘れず、幕府に危機が訪れたときに備え、寝る間を割《さ》いてでも合戦に耐え得る地力を養うべし。

乱世の荒武者が算盤侍たちの有り様を見れば激怒し、そんなことを言って叱咤するに違いない。

その点、半蔵は地力が自然な形で培われていた。

江戸市中で暮らす旗本や御家人の多くと違って、郊外の武州で野良仕事に励みながら、剣術修行に取り組んできたからである。

半蔵は長らく合戦の無い、とりあえずは平和な時代に生まれていながら、半士半農の者が多かった戦国の徒歩《かち》武者に近い日常を、少年の頃から二十歳を過ぎて笠井家に婿入りするまで、当たり前の如くに繰り返してきたのだ。

稽古場に立って竹刀や木刀を握るより長い時間を田畑で過ごし、腰を入れて鍬《くわ》を振るうことを日々実践していれば、足腰を鍛えられるばかりか手の内まで自ずと錬られる。剣術のみをやっていれば意識して打物を正しく用い、姿勢も形良くすることを心がけなければ発達しない肩から手首にかけての腕全体、そして胸板の筋肉が半蔵は野良仕事を通じて鍛え上げられ、刃引きを力強く打ち振るうことができる源《みなもと》となっていた。

三十を過ぎ、もはや若いとは言い切れぬ歳《とし》になっても、鍛えた体は筋肉の張りが頼もしく、足腰も同い歳の中で際立って安定している。

影御用の旅を通じて五体は更に引き締まり、精悍さを増している。

当の半蔵も指摘されるまでは、自覚できていなかったことである。

しかし、左近も良いことばかりは言わない。

「それほどまでに鍛えられていながら、おぬしは何故に甘いのだろうな……」

「何っ」

「この機に言わせてもらおうぞ」

ぼそりとつぶやいたのは、やんわりした口調でありながら厳しい指摘。

続く問いかけも、容赦のないものだった。

「おぬしは何故に武芸を学んでおるのだ、笠井?」

「な、何と申す」

「何であれ、実にならぬことに時を費やすは愚行であろう。いざというときに役にも立たぬ修行を甲斐なきままに続け居《お》るのも、またしかりだ」

「…………」

「それほどまでに悩みが深いのであれば、止《や》めてしもうてはどうだ」

「止めろとな?」

「いっそのこと、刀など捨ててしまえばいい。さすれば私も右近もおぬしを付け狙わずに済む故、枕を高《たこ》うして眠れようぞ」

「せ、拙者《せっしゃ》を愚弄《ぐろう》するのか!?」

「さに非《あら》ず。おぬしほど研鑽《けんさん》を重ねし身でありながら何故に甘いのか、まことに解せぬこと故、不思議に思えてならぬのだ」

「…………」

半蔵はすぐには答えられなかった。

なぜ剣の修行を始め、未だ続けているのか。

そんなことをずけずけと告げられた末に、止めたほうがいいとまで断じられたのは初めてのことだった。

笠井家に婿入りする以前、少年の頃から二十歳を過ぎるまで、半蔵は剣の道を歩むのに前半生を費やしてきた身。腕前にも自信はある。

浪人一味に手も足も出なかったのはたしかに恥ずべきことだが、過去の修行のすべてが無意味だったのだから、止めてしまえと決め付けんばかりに言われては困ってしまうし、何より腹立たしい。

だが左近は命の恩人であり、人柄も邪悪な弟とは違う。

挑発とも思える言葉にも、いちいち意味があるはずだ。

いずれにせよ、いつまでも口を閉ざしていては失礼に当たるだろう。

やむなく、半蔵はゆっくりと口を開いた。

「……拙者が天然理心流を学び始めたのは、亡き祖父の計らいなのだ」

「おぬしの祖父御とは淡路守の官名を賜りし、村垣定行殿のことであるな」

「そうだ」

「何故に、定行殿は天然理心流を？」

「祖父はご開祖の直弟子であられた、小幡萬兵衛様と昵懇《じっこん》の間柄でな……宗家の座を受け継ぎし、近藤三助方昌先生を紹介していただいたのだ」

「それで、おぬしを戸吹村の道場に預けたということか」

「左様。先生の亡き後はご一門のお歴々より教えを受け、江戸に戻りて笠井の家に婿入りいたすまで、彼《か》の地にて過ごしておった」

「道場の客分になっておったのか」

「さに非ず。衣食を賄《まかの》うていただく代わりに、野良仕事を手伝うておった」

「婿入りするまで、か？」

「左様」

一体、どこまで根掘り葉掘り問うつもりなのか。

半蔵は怪訝《けげん》そうに左近を見返す。

だが、左近はすでに合点が行った様子であった。

「成る程……剣を学ぶばかりではなく野良仕事も、か……道理で、そこらの剣客とは鍛え方が違うわけだ」

得心した様子でうなずきながらも、左近は続けて問うてくる。

「されど笠井、可愛い孫を武州の地に長らく留め置いたとは解せぬ話ぞ。無礼を承知で尋ねるが、おぬしは祖父御に嫌われておったのではないか」

「いや……拙者を毛嫌いしておったのは、義理の母上だ」

「義理の？」

「実を申さば、拙者は村垣の嫡流に非ず。妾腹《しょうふく》の生まれなのだ」

「されば、母御は」

「拙者を産み落としてくれた代わりに、命を失うた……つい先頃に三十三回忌を済ませたばかりでな」

「それは立ち入ったことを訊《き》いてしもうたの。許せ」

たちまち、左近はバツが悪そうな顔になる。

ずけずけと物を尋ねながらも、礼儀を心得ているのだ。

そんなところも、無礼なだけの弟の右近とは似て非なるところだった。

さりげなく、左近は話題を切り替えた。

「おぬしの祖父御は実に見上げた御仁《ごじん》であられたと聞き及んでおる。御庭番から勘定奉行にまで出世なさるとは、余人には為し得まい」

「大したことはあるまい。今のお奉行とてご同様なのだ。どちらが秀でておるかと申さば、やはりお奉行……梶野土佐守様であろうよ」

「止《よ》せ止せ。土佐守が如きと引き比べては、祖父御がお怒りになられるではないか。死しても御霊はおぬしの傍《そば》にとどまりて、耳を澄ませておるやもしれぬのだから……な」

「う、うむ」

左近に真面目な顔で諭され、半蔵は慌てて口を閉ざす。

たしかに、己の生まれ出《い》ずる源である祖先のことを悪く言ってはなるまい。

反省しながらも、半蔵は不思議に思わずにはいられなかった。

（もしや、こやつは俺を教え導いてくれるつもりなのか……？）

たしかに、敵ならば非礼をいちいち詫びたり、口の利き方にまで注意を与えるはずがない。

あれこれと質問攻めにして半蔵を勝手に喋らせておき、後生に障るような失言をしたところで構わずに、腹の中で笑って見ているだけだろう。

半蔵を愚弄《ぐろう》するために、根掘り葉掘り問いかけたわけではないのだ。

鍛えられた身と認めた上で、どうして浪人一味に勝てなかったのか、その原因を真面目に考えてくれているのだ。

続いて左近が口にしたのも、親身な情を感じさせる一言だった。

「祖父御のお計らいとなれば、剣の修行も野良仕事も手を抜いておったわけではあるまい。地道に励みつつ日々を重ねて参ったであろうことは、おぬしの太刀筋を見れば分かる……」

そう告げると、左近は周囲に視線を巡らせた。

抜かりなく警戒しながら、言葉を続ける。

「死者を悪しざまに言うのも何だが、おぬしともあろう者が彼奴《きゃつ》ら如きに後れを取るほど、甘いとは思えぬ……。はてさて、どうしたことかのう」

やはり、左近は半蔵を馬鹿にしていたわけではない。

真剣に思案をしながら、思うところを包み隠さず述べているだけなのだ。

そう感じ取っていればこそ、半蔵も本音を口にしていた。

「……未だ刃引きを使うておるのが、甘いのだろうか……」

何気なく漏らしたつぶやきを、左近は聞き逃さなかった。

「おぬし、まことにそう思うのか」

「う、うむ」

「これで良いと思い定めし上で、振るうておったのではないのか？」

半蔵をじっと見返し、左近は重ねて問いかける。

半ば脅すかのような口調だった。

その口調に圧されたかの如く、たちまち半蔵は弱気な表情になる。

「今の今までは、そのつもりであった……されど、もはや自信が持てぬ……」

答える態度も弱々しい。

「そこだ！　それがいかんのだ」

　左近が大声を上げた。

　端整な顔が確信に満ちている。

「ようやっと分かったぞ、笠井」

「どういうことだ、左近殿」

「今少し、おぬしは自信を持てば良かったのだ」

「自信とな？」

「左様。誰から何を言われようと気に病まず、何事も思い定めしとおりに、わが道を行けばいいのだ。さすれば無頼の輩はもとより、弟にも後れは取るまいぞ」

「拙者の……道……」

　つぶやく半蔵の顔を、焚き火の炎が照らしている。

　敵でありながら親身になった左近から、これから如何《いか》にすれば良いのかを示唆されながらも、まだ迷いを捨てきれずにいる半蔵だった。

三

峠の夜が更けゆく中、半蔵は黙っていた。

一方の左近も口を閉ざしている。

今宵はいつになく能弁だが、本来は無口な質《たち》らしく、沈黙したままでいるのが苦にならない様子だった。

並んで腰を下ろした二人に、表情は無い。

とりわけ半蔵の顔は硬かった。

左近から告げられた数々の言葉を、まだ受け止めかねていたのだ。

示唆されたのが正しいことばかりなのは分かっている。

己が正しいと思い定めた道を、自信を持って進むべし。

たしかに、そのとおりであろう。

そうやって生きられればいいと、かねてより半蔵も切望していた。

されど、人ができることには自ずと限りがある。

まして、半蔵の望みは厄介なものだった。

佐和と円満に暮らしながら、愛着深い武州の平和を護《まも》りたい。

そんな半蔵の希望を実現する一番の早道は、同じ勘定奉行配下の職でも平勘定ではなく関東取締出役――武州を含む関八州の治安維持に専従する、八州廻りの役目に就くことだった。

立場としては代官の下に属し、本来ならば御家人の中でも身分の低い者が就く役目だが、それでも構うまい。

己の理想と夫婦の幸せを、共に叶えたい。

そのためならば笠井の家名に誇りを持つ佐和の怒りを恐れず、辛抱強く説得に努めるつもりであった。

半蔵にとっては愛妻も修行の地も、いずれ劣らぬ大事なもの。

なればこそ両立したいが、現実として実現させるのは難しい。

たとえ御役替えを望んだところで、容易に受け付けられはしないだろう。

幕府は人材の育成に時を費やし、経験を積ませることを重んじる。

親から子へ同じ役目を受け継がせる世襲制が基本とされ、父親が現役で勤めている内に息子を見習いとして出仕させるのも、そのためだ。

半蔵が婿に入った笠井家の場合は、三河以来の旗本にして代々の勘定職。

戦国乱世にも刀槍より算盤を速く、正確に操る指さばきを駆使することで幾多の合戦に臨んだ徳川家の財政を支え、力を尽くしてきた一族だった。

昔から受け継がれてきた職なればこそ、笠井家は代々誇りを持っている。

佐和も例外ではなく、武士でありながら商人の如く銭勘定に勤しむなど賤《いや》しいことと周囲から見なされても意に介さず、算勘の才を以て御奉公に励んだ祖父や父親を尊敬し、家代々の役目を名誉なものと思い定めていた。

そんな名誉の職を入り婿の半蔵が全うするどころか放棄し、勝手に御役替えを願い出るなど、とんでもない話である。

それでも半蔵は諦めきれなかった。

こたびの影御用さえ首尾良く果たせば、勘定奉行の梶野良材も半蔵に不向きな平勘定を続けさせることを断念し、剣の腕を存分に生かせる関東取締出役に役目を替えてくれるのではないだろうか。

かかる期待もあればこそ、愛する佐和を江戸に残して、旅の空の下で遂行する影御用を引き受けたのだ。

奉行のお声がかりで御役替えが決まれば佐和はもとより、隠居した養父母も異は唱えまい。半蔵自身も笠井家の先祖たちに後ろめたさを感じることなく、愛着深い武州の地を護るため、堂々と働けるというものだった。

だが、現実は都合良く出来てはいない。

千載一遇《せんざいいちぐう》の好機と思い定め、張り切って影御用の旅に出たものの、半蔵は期待を裏切られた。

自分で思っていたほどには、歓迎されなかったのである。

江戸から流れ込んできて街道筋の治安を乱す悪党どもを退治すべく、わざわざ足を運んだと打ち明けても信用されず、どのみち上手く行くはずもないのだから余計な真似をしてくれるなと言われるばかりだった。

無頼の徒の横行に難儀する旧知の人々を助けるために、意気込んで馳せ参じたにも拘わらず邪魔者扱いをされてしまった半蔵が、裏切られた気分になったのも無理はあるまい。

とはいえ影御用の悪党退治を速攻で済ませ、そのまま後の始末も付けずに立ち去ったのは杜撰《ずさん》と言うしかない。

なればこそ、左近は苦言を呈したのだろう。

「なぁ笠井、倒した相手の息の根を止めることを、おぬしもそろそろ知ったほうが良いのではないかな」

「どういうことだ、左近殿」

「心得違いをいたすでない……誰彼構わずに殺せばいいとは言うておらぬぞ」

じろりと睨んだ半蔵に苦笑を返し、左近は言った。

「おぬしは調布の宿場町を荒らしておった江戸流れの博徒《ばくと》どもを相手取り、派手に一戦交えたそうだな」

「それが何としたのだ」

「刃引きを振るうて打ち倒しただけで縄も打たず、役人に引き渡しもせずに立ち去ったであろう」

「当たり前だ。拙者は捕吏に非ざる身なのだからな」

「後でどうなったのか、おぬしは知るまい」

「宿場の役人衆が始末を付けるはず故、構うには及ばぬと判じたのだが……」

「それが甘いと申しておる」

「おぬし、何が言いたいのだ？」

「知らなんだのか、笠井。彼の博徒どもの親分は、一家を挙げて調布へ乗り込むのに先駆けて宿場役人に大枚の袖の下を摑ませ、地元の顔役たちと張り合《お》うて縄張りを切り取る旨を、あらかじめ承服させておったのだ」

「何……」

「おぬしはそれを知らず、宿場を牛耳《ぎゅうじ》らんとする江戸流れの博徒一家を打ち倒すだけで事が済んだと判じて立ち去ったのだろう。根まで断たずして退治したとは申せぬことに気付かずじまいで……な」

「………」

己の迂闊《うかつ》さを思い知らされた半蔵は、沈黙を余儀なくされた。

対する左近の口調は、叱責しながらも穏やかそのもの。

態度も変わることなく落ち着いており、いちいち罵倒《ばとう》したりはしない。

これが弟の右近ならば非を糺《ただ》すことなどそっちのけで、半蔵を貶めるのに躍起《やっき》になっていただろう。

血を分けた双子でありながら、左近と右近の言動は完全に別物だった。

「そう気を落とすでない、笠井」

恥じ入って顔を背けた半蔵に、左近は穏やかな口調で告げた。

「余計なことかと思うたが、後の始末は付けておいたぞ」

「えっ」

「これでも私は公儀の目付に仕えし身だ。一介の家士とは申せど、鳥居耀蔵の名を出せば宿場役人を恐れ入らせるぐらいは容易《たやす》きことよ……。事が露見して責を問われ、詰め腹を切らされるのが嫌ならば、博徒どもとは手を切れと釘を刺しておいた。府中宿でも同様に、な」

「府中でも……？」

「左様。役人どもの性根が腐っておるのは江戸も同じだが、掏摸《すり》の稼ぎの上前を撥《は》ねるとは、些《いささ》かやりすぎと思うてな……見逃したおぬしに代わりて、少々痛め付けさせて貰《もろ》うた」

「せ、成敗したと申すのか」

「まさか。わが身を護っただけのことよ」

驚いて向き直った半蔵に、ふっと左近は微笑み返す。

「釘を刺すだけで済ますつもりであったが、血迷うて斬りかかって参ったのでな……どのみち悪しきことにしか刀を用いぬのならばと思うて、返す刀で左腕の筋を断ってやったのだ。掏摸の仕置きと申さば利き手を砕き、二度と人様の懐中物を狙えぬようにいたすことと聞いておった故、それに倣《なろ》うてな」

「……重ね重ね、手数をかけてしもうて相済《あいす》まぬ……」

行き届いた後始末に謝する、半蔵の声はか細かった。

今や左近をまともに見返すこともできず、面《おもて》を伏せているばかり。

己の迂闊《うかつ》さに重ねて恥じ入ると同時に、肝心なことを見落としていたのを痛感せずにはいられない。

宿場町や村を荒らす悪党どもを打ち倒し、後は土地の役人に任せておけば武州の治安が回復できると見なした半蔵は甘かった。

流れ込んできた無頼の徒の横行を見逃し、荒稼ぎの分け前に与《あずか》って素知らぬ顔をしていた役人衆こそ、真っ先に退治すべき元凶だったのだ。

江戸市中ほど徹底されていないにせよ、宿場町には公儀から派遣された役人が常駐する一方、住人たちにも自警を促している。

代官所や関東取締出役の目が届かぬ小さな村でも、江戸の岡っ引きに相当する十手《じって》持ちの番太が傭《やと》われていて警戒を怠らず、よほどの大事件でなければ速やかに対処できる体制が整っていた。

にも拘わらず甲州街道筋の治安が乱れてしまったのは、取り締まる側の者たちが買収に応じ、江戸から流入した悪党どもを新興勢力と認めた上で、好き勝手に荒稼ぎをするのを見逃した結果だったのだ。

「…………」

面を伏せたまま、半蔵は猛省せずにはいられない。

気負う余りに、血迷っていたとしか思えなかった。

南町奉行所の検挙率を上げるための悪党退治に励みすぎたのが災いし、無頼の徒を江戸から武州に、大挙して流出させてしまったことに責任の一端を感じればこそ、半蔵はこたびの影御用を引き受けた。

その志《こころざし》は見上げたものだとしても、後がいけなかった。

半蔵は責を果たすことよりも、自分の感情を気付かぬうちに優先していた。

故にくだらぬことで滅入り、目が曇《くも》ってしまったのだ。

甲州街道を辿る旅に出立して早々、調布や府中で旧知の人々から邪険にされたことで気が萎《な》えてしまい、細かいところに目が届かなくなっていたからだ。

最初は存じ寄りの宿場や村に幾日も逗留《とうりゅう》し、同じ天然理心流を学んだ者たちの力を借りて街道筋の悪党退治に取り組むつもりだった半蔵も、日野や八王子では敢えて立ち寄るのを避けていた。

江戸に出て直参旗本の婿となった半蔵は、野良仕事に忙殺されながら剣術修行に取り組む同門の男たちから見れば、破格の出世を遂げた身。

もともと庶子とはいえ旗本の子であり、収まるべき立場になっただけのことであったが、長らく修行を共にするうちに半蔵を仲間と思っていた彼らは、裏切られたような気分にならずにはいられなかったのだろう。

悲しいことだが、助勢が得られぬ以上は一人でやってのけるしかない。

半蔵は斯様に頭を切り換え、調布と府中の宿場を荒らしていた悪党を速やかに一掃した後は、八王子の先に控える浪人一味と対決することのみを考えて、武州から甲州へ向けて、ひたすらに街道を突き進んできた。

江戸から御府外に流出した悪党どもを根こそぎ退治し、愛着深い武州に治安を取り戻したいという、当初の気持ちそのものは変わっていない。

そのついでに真剣勝負の場数を踏み、三村兄弟を打ち破るのに必要な腕を磨く役に立てばいい。

そんなことを考えて、無頼の浪人一味との対決に臨んだのだ。

だが結果としては歯が立たず、敵であるはずの左近が助けに来てくれなければ命までも落としかねない、危うい状況に陥っただけのことだった。

左近が恩着せがましい口を利けば、更に気が萎《な》えていただろう。

もとより、この男には半蔵を助ける義理など有りはしない。

先程の局面を目《ま》の当たりにしても素知らぬ顔で見殺しにし、自ら手を汚すまでもなく始末が付いたと喜ぶべき立場なのだ。

にも拘わらず、左近は半蔵を助けた。

命を救った上で介抱までしてくれていながら、恩着せがましいことなど一言も口にせずにいるのだ。

気遣う義理も無いはずなのに、一体どういうことなのか。

疑問を抱く半蔵に、左近はおもむろに告げてきた。

「おぬしの武者修行めいた旅も無駄ではなかったと見えるな、笠井」

「えっ？」

半蔵は戸惑いを隠せなかった。

またしても、褒めてくれるつもりなのか。

決して口数が多くはない左近だが、毒舌にして性悪な弟の右近と違って、一言一言が真摯《しんし》な響きを帯びている。

それだけに、偽りを言われているとも思えなかった。

「まこと、左様に思うてくれるのか？」

戸惑いを隠せぬまま、半蔵は問いかける。

「うむ」

うなずき返した左近は、更に解せぬことを口にした。

「私には、最初から必要であったとも思えぬが……な」

「どういうことだ、左近殿」

「決まっておろう。江戸に妻女を残し、旅に出て励んで参った、影御用という名の武者修行よ」

「されど、拙者は！」

半蔵は思わず身を乗り出す。

そこまでしなくては、強くはなれぬはず。

左近はもとより、右近にも打ち勝てない。

敗れたままでは悔しいからこそ、半蔵は影御用の旅に出たのだ。

それをなぜ、無用であったと決め付けるのか。

右近と同様、自分のことを馬鹿にしているのか。

動揺と怒りを隠せぬ半蔵だった。

しかし、対する左近は冷静そのもの。

のみならず、穏やかな笑みまで浮かべていた。

「弟の言うたことならば、気にするな」

「左近殿……」

「あやつが過日に罵詈雑言《ばりぞうごん》を並べ立てたは、おぬしの気を削《そ》いで弱らせるための策にすぎぬ。先程も言わせて貰うたとおり、おぬしに至らぬところが皆無とまでは言いきれぬが、少なくも刀と体のさばきは申し分なかろう。それほど地力が培われていればこそ、本身を相手に恐れることなく、斬れぬ刃引きを振るうて戦えるのであろうし、な……」

「………」

半蔵は、怪訝な表情を浮かべずにはいられなかった。

なぜ、左近は自分を持ち上げるのか。

いつになく、長々と喋っているのか。

褒められる点など無いはずなのに、これは如何《いか》なることだろうか。

半蔵は訳が分からなかった。

自分には至らぬ点が多いと思い知ったからこそ、こたびの影御用の旅を通じて己を磨き直さなくてはなるまいと決意し、行動に移したからだ。

きっかけは、過日の三村兄弟との対決だった。

半蔵を言葉で責め立て、煽《あお》ったのは弟の右近である。

冷静に半蔵を打ち倒し、速やかにとどめを刺そうとした左近に対し、右近は恩着せがましく兄の左近が刀を振るうのを止めた上で、おぬしには何もかも足りていないと決め付けたのだ。

刀さばきと体さばきばかりか心構えもなっておらず、この様では自分たち兄弟に太刀打ちできるはずもない。

そんな言葉を並べ立て、半蔵の気を萎えさせたのだ。

その間、左近は一言も口を挟まなかった。

とどめを刺すのに異を唱え、好き勝手なことを言う弟の右近に逆らわず、無言の内に退散したのである。

まさか影御用の旅に出た自分の後を追ってきて、命を救ってくれるとは半蔵は思ってもいなかった。

しかし今、左近は半蔵の隣にいる。

凄腕揃いの浪人一味を斬り尽くし、その亡骸を丁重に風下へ運んだ上で、笹子峠での一夜を共に明かそうとしているのだ。

日中は茹《う》だるような暑さでも、麓《ふもと》とは違って夜間は冷え込む。

半蔵は脱いでいた諸肌を収めた上で、左近が取ってきてくれた打裂羽織を肩に掛けて寒さをしのいでいた。

暖を取らせるために、左近は火も絶やさずにいてくれた。

消えかけていた浪人一味の焚き火を熾《おこ》し、泥土を払った石に載せて炙《あぶ》り始めたのは、懐中から取り出した餅《もち》だった。

「ほれ」

「か、かたじけない」

放ってくれたのを受け取り、半蔵はぎこちなく礼を言う。

とどまるところを知らない、左近の親切ぶりだった。

遠火でじっくりと炙った餅は、表面がパリッとしていて香ばしい。

口にしたとたん、米の濃厚な味が一杯に広がる。

ホッと人心地つきながらも、半蔵は油断せずにいた。

敵であるはずの半蔵に対し、何くれとなく親切なのは故あってのことと見なすべきだろう。

いろいろ褒めてくれるのも、思うところがあればこそに違いない。

一体、左近は何がしたいのか。

半蔵の気を引いて、何を得ようというつもりなのだろうか——？

相手の狙いが読めぬうちは、手放しに安堵してはなるまい。

慎重に振る舞い、些細《ささい》な言葉も聞き逃すことなく、探りを入れるべし。

張り詰めた気分のままで、半蔵は焼き餅を平らげる。

左近も一つを手に取り、黙々と口に運んでいた。

優美な外見に似ず、ごつい指だった。

節くれ立っている辺りも、どことなく半蔵の手と似ている。

じっと見詰める視線に気付き、左近は苦笑した。

「ふっ、気が付いたらしいの」

「……おぬし、郷士の出であったのか？」

「そういうことだ。若年の頃には弟ともども、養い親の許《もと》で野良仕事に明け暮れさせられたものよ」

「されば、親御は……」

「左様。我々が五つの折に父はつまらぬしくじりを咎《とが》められて腹を切らされ、母は後を追うたのだ。幼い我らを顧みずに、な……」

「左様であったか……」

「兄弟揃うて剣の修行に嵌《はま》り込んでからは、右近の奴は土いじりなど馬鹿馬鹿しいと言うて聞かず、鍬や鋤《すき》を握ろうともしなかったがな……おかげで私の割り当てばかり増えてしもうて、稽古をする間がなかなか取れずに往生したものよ。はははは」

「…………」

釣られて、ふっと半蔵も微笑む。

思わぬところに接点があったものだ。

剣を学ぶのに血道を上げ、野良仕事が疎《おろそ》かになるというのは、半蔵にも覚えのあることだった。

四

いつの間にか、東の空が明るくなりつつあった。

どちらからともなく、二人は立ち上がる。

御来光に向かって一礼し、合掌する表情は真剣そのもの。

敵対する間柄であることをしばし忘れ、お互いに一人の剣客として、真摯な姿を朝日の下で示して止まずにいた。

こうして御来光を浴びた後には、朝稽古に励むのが剣客の常《つね》。

だが、この場には残念ながら道具が無い。

より本物の武者修行者らしく装わせるために良材が用意した、撃剣用の防具と竹刀に加えて、天然理心流に独特の太い木刀まで含めた一式を、半蔵は旅の途中で放り出してきたからだ。

予備を含めた二振りの竹刀さえあれば左近と打ち合い、御来光の下で腕を磨くのに申し分なかったというのに、つくづく残念なことだった。

と、左近がおもむろに口を開いた。

「されば一汗掻くといたすか、笠井」

そう言って茂みの中から取り出したのは、半蔵が調布の宿外れに放置してきた竹刀。

防具と木刀も一緒だった。

「左近殿、おぬし……」

「何れの御仁の持ち物かは存ぜぬが、道中で拾うたのを持って参った」

さらりと告げつつ、左近は一振りの竹刀を半蔵に手渡す。

後を尾《つ》けていて半蔵が捨てたのを目撃し、回収してくれていたのだ。

「さ、参れ」

「うむ！」

謝意を込めて答えた半蔵は、間合いを取って左近と向き合う。

「エイ！」

「ヤーッ！」

夜が明けゆく笹子峠に、裂帛《れっぱく》の気合いが響き渡る。

今や気迫も十分な半蔵と竹刀を交える、左近の表情は明るかった。

好敵手と見なした半蔵を、無下に死なせるには忍びない。

そう思えばこそ遠路を厭《いと》わず後を追い、絶体絶命の窮地に割って入って助けずにはいられなかったのだ。

誰にも明かさず、旅に出て良かった。

心から実感しつつ、潑剌《はつらつ》と竹刀を打ち振るう左近だった。

半蔵が復活したからには、もう安心である。

いつまでも峠の上で長居をしている必要もない。

夜が完全に明ける頃には、宿場役人たちも陣容を整えて登ってくるはず。

手強い浪人一味が全滅し、手間が省けたのを知れば喜ぶだろうが、同時に半蔵と左近を疑い、なぜ一味に戦いを挑んだのか、実は仲間割れをしただけではないのかと、あれこれ尋問されるのが目に見えている。

しめやかに朝の稽古を終えた上は、早々に退散するのみであった。

「されば、御免」

半蔵に竹刀を返した左近は、足取りも軽く峠を下っていく。

見送る半蔵の表情も明るかった。

次に会うときは敵同士。

それは、お互いに分かっていることである。

あくまで束の間の和解だったが、命を救われたのにも増して、半蔵が得たものは多かった。

むやみに腕を磨いてばかりいないで、もっと己自身を信じるべし。

そう思い至ったからには、いつまでも旅の空の下に身を置くには及ぶまい。

半蔵もまた、江戸に帰る決意を固めていた。

すべては左近のおかげである。

顔形こそ邪悪な弟の右近と瓜二つでも、あくまで高潔な男だった。

第七章　不器用なれど

一

江戸では相変わらず、厳しい夏日が続いていた。

暑いと言っても、炎天下の街道に比べれば遥かに楽だ。

江戸に着いた半蔵は、何食わぬ顔で大手御門を潜《くぐ》った。

旅の埃にまみれていても歴《れっき》とした直参、しかも御門内の下勘定所に勤める身である以上は、足止めを食うこともない。

「笠井半蔵、ただいま戻りました」

まずは職場の用部屋に顔を出し、組頭と同僚たちに挨拶《あいさつ》をする。

「おお、笠井か！」

「久しいのう、変わりはないか？」

同僚の平勘定が口々に告げてくる。

「達者な様子で何よりじゃ」

組頭も、気遣いを込めて微笑《ほほえ》みかけてきた。

されど、誰もが戸惑いを隠せずにいた。

梶野良材が半蔵に何を命じたのか、一同は子細を知らなかった。

奉行と日々接する立場の組頭でさえ、詳しいことは明かされていないのだ。

気になっていても、直《じか》に半蔵に問い質《ただ》すのは憚《はばか》られる。

子細までは分からなくても、何事か良材から密命を下されて、旅をしていたであろうことは察しが付く。

半蔵には、上つ方から重宝されるだけの力が備わっているのである。

勘定所勤めの小役人としては、取り立てて優秀なわけではない。

このところ算盤《そろばん》の扱いが達者になってきたとはいえ、同僚たちの上を行くほど器用ではなく、頭の回転が抜きん出て速いわけでもなかった。

平勘定として凡庸となれば、重く用いられる理由はひとつしか有り得ない。

半蔵には、算盤勘定とは異なる才能がある。

笠井家に婿入りするまで武州で学んだ、天然理心流の剣の腕だ。

たとえ田舎剣術と揶揄《やゆ》される無名の流派であっても、奉行の良材に認められて密命を下されているとなれば、よほどの腕利きと見なしていいだろう。

その剣の腕に良材は目を付け、表沙汰《おもてざた》には出来かねる影の御用を命じているのではないだろうか。

斯様《かよう》に考え合わせれば、勘定所勤めを休ませてまで旅に出したのも得心が行くというものだ。

ともあれ、好奇心で詮索しすぎてはなるまい。

そんな一同の反応を幸いとばかりに、半蔵は素知らぬ顔を決め込んでいた。

「されば奥に参りて、お奉行にご報告申し上げまする」

「う、うむ」

組頭に許しを得た半蔵は、悠然と廊下を渡っていく。

半蔵の帰還を知った良材から呼ばれる前に、進んで報告しに向かったのだ。

すでに昼を過ぎている。

縁側から射し込む西日が、廊下を進み行く半蔵の横顔を照らす。

道中で日に焼けた顔は、以前より男らしさを増していた。

「笠井半蔵にございまする」

廊下から訪《おとな》いを入れるや、返事を待たずに障子を開ける。

折しも良材は下城して、勘定所奥の私室に戻ったばかり。

登城用の裃《かみしも》から装いを改め、くつろいだ着流し姿になっている。

上座に腰を据え、脇息《きょうそく》に肘《ひじ》を載せたまま、無言で半蔵を見返していた。

梶野土佐守良材は当年六十九歳。

来年で齢《よわい》七十になるとは思えぬほど、矍鑠《かくしゃく》とした老人である。

正座した腰は曲がっておらず、自然に背筋が伸びている。

身の丈は並で、やや太り肉《じし》だが極端に肥えてはおらず、白髪頭でも潑剌《はつらつ》とした雰囲気を漂わせる、貫禄十分なたたずまいだった。

「失礼いたしまする」

動じることなく敷居際で一礼する、半蔵の態度は折り目正しい。

膝行《しっこう》し、良材の面前へと進み出る動きにも、気負いはなかった。

取られた態度はどうあれ、影御用の首尾は余さず報告しなくてはならない。

広い座敷には、二人の他に誰もいなかった。

孫七が身を潜めている気配も感じられない。

あの忍びくずれの小者がお払い箱にされたのは、すでに半蔵も承知の上。用部屋で留守中の話をしてくれた、同僚から聞いたのだ。

いつも目立たぬながら手を抜かず、黙々と雑用をこなしていた孫七に何の落ち度があったのかは誰も知らず、さして関心を抱いてもいなかった。

もとより勘定奉行付きの小者にすぎず、人事は奉行の良材の判断次第で決まることだからである。

実は良材の護衛を兼ねる忍びの者だったと承知しているのは、半蔵のみ。

存外に腕が立ち、若いながらも侮れぬと知っていたのも半蔵だけだった。

なぜ勘定所から追い出される羽目になったのかは、定かでない。

よほどの落ち度がなければ、良材とて手駒を自ら手放しはしないはず。解せぬことだと思いながらも、いつも近くに身を潜め、殺気を向けてきた厄介な相手がいなくなったおかげで、半蔵はホッとしてもいた。

孫七が良材の指示に逆らい、右近に襲われた佐和を助けようとしたために御役御免にされてしまったのを、半蔵はまだ知らない。

勘定所よりも駿河台の屋敷に直帰し、何を措《お》いても佐和の安否を確かめた上で抱き締めてやるべきだったことも、迂闊《うかつ》にも気付かぬままだった。

今の半蔵は、良材を問い質すことしか頭に無い。

愛着深い武州の地に治安を取り戻したい想いを逆手に取り、自分を旅に出して江戸から遠ざけた、真の理由は何なのか。

抱いた疑問の答えを聞き出すまで、退《ひ》くつもりはなかった。

とはいえ、相手は奉行。

勘定所に代々勤める笠井家の婿である立場上、礼を失するわけにはいかない。

そう思えばこそ怒りを抑え、半蔵は良材と向き合っていた。

「おかげさまを持ちまして、無事に戻って参りました」

「……ずいぶんと早かったの」

開口一番、良材は憮然とした態度で告げてきた。

「そのほうには一月《ひとつき》の暇《いとま》を与えたはずじゃ。まだ十日と経ってはおらぬと申すに何故、早々に立ち戻ったのか」

「御用が片付きました故、もはや旅を続けるには及ばぬかと判じました」

「甲州街道筋の治安を乱せし悪党どもを、残らず退治したと申すのか？」

「ははっ」

「されど、余計な真似もしたであろう」

「何のことでございまするか」

「目付の鳥居より知らせが参った。勝手に自分の名を出し、調布と府中にて宿場役人を懲らしめた者がおった故、もしや儂《わし》の手の者の仕業《しわざ》ではあるまいかと勘繰られたぞ」

「ははぁ、そのようなことをお目付様が申されましたか……」

「誰にも命じておらぬ事の始末をさせられ、大いに迷惑したとの由じゃ」

「それで天領に蔓延《はびこ》りし悪の根を断つことが叶うたとなれば、幸いだったのではありませぬか」

「これ、勝手なことを申すでない」

渋い顔をする良材に、半蔵は臆さず言上《ごんじょう》した。

「お目付様にはお手を焼かせて申し訳なき次第なれど、何事もお奉行のご下命を果たすためにござる。何卒《なにとぞ》ご容赦くだされ」

口調だけではなく、良材を見返す態度も堂々としている。

半蔵の態度が以前と違うのは、理由あってのことだった。

笹子峠で別れる間際、三村左近が思わぬことを明かしてくれたのだ。

耀蔵はもとより、良材までが定謙を陥れる計画に加担している。

動き始めたので油断するなと、去り際に助言をしてくれたのだ。

かねてより半蔵も疑わしいとは思っていた。

梶野良材は決して、お人好しではない。

家庭は円満とのことで好々爺《こうこうや》に見えなくもなかったが、現職の勘定奉行である以上、腹黒さがなくてはやっていけまい。

まして天下の老中首座から見込まれ、鳥居耀蔵と共に公儀の要職に登用された身となれば、裏で何をしているのか分かったものではないだろう。

良材と耀蔵を動かしている黒幕が、老中首座の水野越前守忠邦であろうことは半蔵も察しが付いていた。

今や矢部定謙は忠邦にとって、よほど邪魔な存在であるらしい。

とはいえ、詳しいことはまだ何も分かっていない。

左近は警告を与えたのみで、子細までは明かさなかったからだ。

やむを得ぬことだと半蔵は理解していた。

三村兄弟は耀蔵に仕える立場である。

非情な弟の右近よりは人間らしさを感じさせる左近だが、多少打ち解けただけの間柄で、何もかも打ち明けてくれるはずがない。

また、そういう人柄だからこそ信用できると半蔵は思っていた。

主君のために働くことが武士の使命であり、いざ合戦となれば馬革《ばかく》に屍《しかばね》を裹《つつ》むのも厭《いと》わずに突き進み、盾となって死ぬのが務めである。

事実、戦国乱世における主従の間柄とは、そういうものだったのだ。

極楽往生など最初から考えもせず、敬愛する主君のために仏の教えに反して人を斬り、自らも死するのを恐れない。そんな猛者《もさ》たちを抱えていればこそ信長公は天下に布武することが叶い、秀吉公は天下を取って太閤《たいこう》となり、家康公は征夷大将軍として戦乱の無い、太平の世を築くに至ったのだ。

半蔵には共感できぬことだが、鳥居耀蔵は三村兄弟にとって、信頼を寄せるに値《あたい》する主君であるらしい。そう察すればこそ半蔵も深くは問わず、助言とともども与えられた警告を有難く受け取っただけで、ひとまず良しとしたのだ。

先に笹子峠から姿を消した左近とは、あれから顔を合わせていない。

遅れて峠を下った半蔵は麓《ふもと》で待機していた役人たちと鉢合わせし、手強《てごわ》い浪人一味を退治した功労者と誤解され、祭り上げられてしまったからである。

麓の宿場に八王子から応援に駆け付けた増田蔵六ら千人同心、さらに松崎正作が束ねる戸吹村の天然理心流一門の人々まで集まっていたとなれば、すぐに江戸へ戻ることができずに、引き留められたのも無理はない。

旧知の蔵六と正作はまず驚き、次いで大喜びしたものだった。

すでに調布と府中の一門の人々から知らせを受け、旗本の家に婿入りしたはずの半蔵が密かに武州へ立ち戻り、街道筋の治安を乱す悪党どもを退治していると聞き及んでいたからだ。その上で件《くだん》の浪人一味まで成敗したと思い込んだ二人が大いに喜び、半蔵を一門の誉《ほま》れとして鼻高々になったのも当然だろう。

何しろ左近は自分が後で付けた始末まで、すべて半蔵の手柄だったということにしてくれていたのである。

かくして思わぬ成り行きに戸惑いながらも半蔵は歓待され、癒《いや》された心持ちで江戸に帰還したのであった。

もしかしたら、左近は斯様な次第となるのをあらかじめ予測した上で、半蔵の悪党退治に手を貸してくれたのかもしれなかった。

そうだとすれば、敵ながら感謝をして余りある。

だが、さすがの左近も定謙を失脚させることを目的とする、陰謀の全容まで明かしてくれてはいなかった。

ここから先は、半蔵が自力で真相に迫らなくてはならない。

しかし、良材の口は堅かった。

「時にお奉行、矢部駿河守様はその後お変わりありませぬか」

「あやつのことならば、もはや気にするに及ばぬと申し付けたはずだぞ」

「もとより心得ておりまする。されど、拙者もお側《そば》近くにて警固役を務めさせていただいた身なれば……」

「情があると申すのか、笠井」

「御意《ぎょい》」

「あやつはそのほうを道化扱いし、配下の同心と競わせた男なのだぞ？」

「それも南町の評判を高めるためなれば、やむなき仕儀であったのかと」

「体《てい》よく利用されたと申すに、まだあやつを慕《した》うておるのか」

「見上げた御方であられることに、変わりはないかと存じまする」

半蔵が良材に告げたのは、半ば本音の口上だった。

たしかに、定謙はひどい男である。

半蔵が定謙をひとかどの人物と見込み、新任の南町奉行として地位を固める手助けになればと思い定めて、検挙率を上げるための悪党退治に密かに手を貸していたにも拘わらず、配下の見習い同心だった三村右近にも半蔵の知らぬところで密命を与えて、盗賊を狩らせたのだ。

右近が皆殺しにした一味の頭は、お駒と梅吉の恩人でもあった。

かねてより二人から仇《かたき》と狙われていた定謙は更なる恨みを買い、もはや半蔵もかばいきれない状況である。

それでも、半蔵には定謙を見捨てることができなかった。

粗暴で短慮と見なされがちだが、実のところは豪放磊落《ごうほうらいらく》で情に厚く、曲がったことを嫌って止まない。乱世の武者が親父様と呼んで慕い、その身を護るために進んで命を投げ出した、戦国武将を彷彿《ほうふつ》させる人物なのだ。

むろん、出来ることにも限りはある。

矢部家に仕える立場ならば、それこそ命まで捨てても構うまい。

だが、半蔵は小なりとはいえ直参旗本。

無二の主君は将軍であり、勝手な行動を取るわけにはいかない。

定謙のために人知れず陰で動き、手助けすることぐらいしかできないのだ。

それでも、為し得る限りは力になりたい。

たとえ直属の勘定奉行が相手でも、良材と耀蔵が理不尽な手段を用いて定謙を陥れるつもりであれば、ぎりぎりまで食い下がりたかった。

　そんな半蔵の心中を察したかの如く、良材は薄く笑った。

「ふっ、そのほうは呆《あき》れたお人好しだのう……見上げたものじゃ」

「…………」

　半蔵は無言で良材を見返す。

　相手が上役である以上、腹が立っても睨み付けるわけにはいかない。あくまで穏やかに視線を返したのみだったが、凛《りん》とした瞳の奥に潜んだ反発心を良材は見逃さなかった。

「素知らぬふりをしていてやろうと思うたが、しかと言うて聞かせねば分からぬらしいの……」

　表情こそ柔和なままだが、良材の目は笑っていない。

　語りかける口調も重々しいものになっていた。

「どうやら儂の親心が分かっておらぬらしいのう、笠井よ」

「親心……にございまするか？」

「左様。儂がこたびの影御用を命じたは、そのほうに尻ぬぐいをさせてやろうと思えばこそだったのだ」

「尻ぬぐい……」

「儂の目を節穴《ふしあな》と思うたか、愚《おろ》か者め」

重々しく、良材は言葉を続ける。

「そのほうが儂に隠れて市中の悪党どもを退治して廻り、駿河守が配下の与力や同心に御用鞭にさせておったことは、もとより承知の上ぞ」

「く……」

「何ぞ言うてみよ」

「……お……恐れ入りましてございまする」

半蔵は詫びるしかなかった。

良材に隠れて悪党退治を繰り返し、南町奉行所の検挙率を上げるために働いてきた事実に気付かれているであろうことは、かねてより察しが付いていた。

悪党どもを相手取っている最中に、半蔵は不審な者の気配を感じ取ったことが幾度もあった。

やはり、あれは孫七だったのだ。

良材は子飼いの孫七に命じ、半蔵の行動を監視させていたのだ。

つい先頃まで良材に小者として仕えていた孫七は、御庭番くずれの凄腕。

亡き祖父譲りの忍術を心得ている半蔵をも出し抜くほどの遣い手だけに、身辺に監視の目を張り巡らせるのも容易《たやす》かったに違いない。

己の迂闊さに、半蔵は改めて恥じ入るばかりだった。

そんな半蔵を見返し、良材は静かに告げてくる。

「己が分を弁《わきま》えることをゆめゆめ忘れてはなるまいぞ、笠井」

「お奉行……」

「そのほうは平勘定を代々務めし、笠井の家に婿入りせし身であろう」

「左様にございまする」

「家付き娘の嫁御を大事にも想うておるのだな？」

「は……」

「無理もあるまい。笠井の佐和殿と申さば、若かりし頃には御城中にまで評判が聞こえし、類《たぐ》い希《まれ》なる佳人だからのう……まこと、そのほうは冥加な奴よ」

「……妻《さい》のことは、お話には関わりないかと存じまするが」

佐和のことを持ち出されては、さすがに半蔵も抗議せずにはいられない。

しかし、もはや良材は咎めようとはしなかった。

「ともあれ、せいぜい自重せい」

「……駿河守様には構うなとの仰せにございまするか、お奉行」

「儂はただ、自重せよと申しておる」

怒りを収めた良材の口調は楽しげであった。

笠井家の婿である以上、半蔵は代々の職を失うわけにはいかない。

家付き娘の妻に惚れ抜いているとなれば尚のこと、逆らいきれまい。

そう確信すればこそ、微笑みを浮かべずにいられないのだ。

もはや、半蔵も意地を張ってはいられない。

愛する妻のことを持ち出されては、沈黙を余儀なくされたのも当然だった。

勝ち誇った様子で脇息にもたれたまま、良材は問うてくる。

「されば笠井、道中の報告を聞かせて貰うとしようかの」

「ははっ……」

平伏する半蔵の胸中は、悔しさで一杯だった。

良材は職場の上役であっても、主君とは違う。

まして命を投げ出したいとは思えない、好々爺の如き顔の下に邪《よこしま》な思惑《おもわく》を隠し持った奸物《かんぶつ》なのだ。

それでも人事権を握られている以上、大人しく従わざるを得ない。

笠井の家を潰すも残すも、良材が決めること。

半蔵が分を弁えずに逆らってきたと決めつけ、水野忠邦を通じて幕閣《ばっかく》の諮問《しもん》に掛ければ、百五十俵取りの小旗本を家名断絶にするぐらいは朝飯前なのだ。

代々の職を誇りとする佐和を、悲しませたくはない。

妻を愛している限り、黙って耐え忍ぶしかなかった。

「……ご苦労だったのう、笠井」

報告を聞き終えた良材は、悠然と立ち上がる。

床の間の違い棚から持ってきたのは、愛用の手文庫。

まずは眼鏡を取り出して掛け、続いて算盤を自ら弾き出す。

「……うむ、こんなところであろうな……」

独り合点してうなずきながら算盤を置くと、手文庫に常備していた小判と板金をつまみ取って懐紙にくるむ。

「かねてより取り決めしとおり、日に一分の手間賃じゃ。路銀の余りは下げ渡して遣わす故、嫁御に何ぞ買ってやれ」

「……お気遣い、痛み入りまする」

下げた面を屈辱に歪めながらも礼を述べ、半蔵は懐紙の包みを収めた。

二

半蔵が屋敷に戻っても、佐和は笑顔を見せなかった。

それどころか、以前にも増して態度が厳しい。

久方ぶりに共にした夕餉《ゆうげ》の膳も、漂う雰囲気は険しいばかりであった。

「お前さま、その箸《はし》の持ち方は何ですか？」

「相すまぬ」

中指を挟むようにして正しく持つのを怠《おこた》り、うっかり握り箸になっていたのを半蔵は慌てて直す。

それでも佐和の機嫌は収まらない。

「勝負の場にひとたび立てば、待ったなどありますまい。それでよく、お奉行の内々の御用など勤まるものでございますね」

「…………」

手厳しい物言いを、半蔵は黙って聞いていた。

明らかに様子がおかしい。

留守にしている間に、佐和は何事か気付いたらしい。

影御用について、半蔵は何も佐和に明かしていない。元はと言えば代々の勘定職に嫌気が差し、半ば気晴らしのつもりで始めたことと分かれば、佐和が激怒するのは目に見えている。

ともあれ、慎重に接さなくてはなるまい。

きちんと持ち直した箸を動かし、半蔵は黙々と食事を続ける。

久しぶりの家庭の味は上々だった。

皮を剝《む》いた焼き茄子《なす》は歯ごたえも申し分なく、小鰺《こあじ》をじっくりと揚げ、葱《ねぎ》と輪切りの唐辛子を加えた酢に浸した南蛮漬《なんばんづ》けは骨まで柔らかい。

もとより料理上手の佐和は、更に腕を上げたらしい。

理由は半蔵も承知していた。

勘定所を出た足で『笹のや』に立ち寄ったところ、このところ佐和が仕込みの手伝いに来ていることを、お駒と梅吉が明かしてくれたのだ。

半蔵が旅に出ている間に、佐和は若い二人とすっかり馴染《なじ》んでいた。

傷を負った梅吉の代わりに板場に立ち、料理をすることが気晴らしになったのであれば、半蔵としては申し分ない。文句を付けるどころか、褒めてやりたいとさえ思っていた。

だが、当の佐和は厳しい態度を取るばかり。

気を取り直させようと半蔵が話しかけても、笑顔ひとつ見せようとしない。

「お駒が申しておったぞ。そなたが手伝いに来てくれるおかげで、店の評判が上がる一方だそうだ」

「呉服橋までお出でになられたのですか」

「うむ」

「お前さまはいつから、町方の手先の真似をなさるようになられたのです?」

「いや、左様なつもりでは……」

思わぬ切り返しに、半蔵は言葉が詰まった。

まさか、佐和は影御用に気付いているのではないか。

そんなことを思ったとたん、声が出なくなっていた。

その隙を逃さず、佐和は有無を言わせぬ口調で半蔵に告げる。

「私はただ、人助けに参っておるだけです。お前さまも存じ寄りの者共となれば放ってはおけますまい」

「……う、うむ」

「まったく、とんだ手間でございまする」

わざとらしく、佐和は溜め息を吐《つ》いてみせた。

「今少し、お前さまも付き合う相手をお選びなされ」

「そなた、何と申す？」

「夫が世話になった義理があると思えばこそ、私は呉服橋まで足を運んでいるのです。何も好きこのんで、素町人どもの口に入るものなど手間暇かけて拵《こしら》えたいわけではありませぬよ」

「これ、左様な言い方はなかろう」

「いえ、はっきり言わせていただきまする」

半蔵に一喝を浴びせるや、佐和は眉《まゆ》を吊り上げた。

「わが家に入られて十年、お前さまはまるで人付き合いというものを気にかけておられませぬ。これまでにお連れなされたのはご同門の高田様や浪岡《なみおか》様、それにお駒さんと梅吉ぐらいのものでありましょう？　斯様に付き合いが狭うては、ご出世などゆめゆめ叶いますすまい！」

「佐和……」

半蔵は戸惑わずにはいられない。

ふだんは、こんなことを口にする妻ではないのだ。

佐和が右近に襲われた不覚を恥じ、隠し通したいと焦る余りに、厳しい態度を取ってしまうのを半蔵は知らない。

その代わり、腹を立てもしなかった。

「引き続き、お駒さんの手伝いには行かせてもらいまする」

「そなた、どうしてもやりたいのか」

「はい。人様の役に立つのは、気持ちのいいことでございますので」

「左様か……」

佐和の申し出に異を唱えることなく、半蔵は黙々と食事を終える。

理由が何であれ、むやみに腹を立ててはいけない。

人の行動には、それなりの考えと理由があるのだ。

半蔵は、夫として成長しただけではない。

真剣勝負がそうであるように人との付き合い、とりわけ上つ方とはきれいごとばかりではやっていけないことが、佐和は今や得心できていた。

左様に思い至れば、定謙が自分と右近を上手く使い分けていたのも、南町奉行としては当然のことと理解できる。

とはいえ、江戸を追われた悪党が大挙して武州に流れ込み、治安を乱したのは由々しき問題であると釘を刺すことは必要だった。

口では素町人呼ばわりをしていても、佐和は『笹のや』で料理をすることを楽しんでいる。

誰からも強《し》いられておらず、自分から進んでやってきたことである。

それでいて、どこか意地になっているようにも見受けられると半蔵はお駒から聞かされていた。

何故なのかは定かでないが、佐和は半蔵に反発したいのだ。

わざと声を荒らげて反抗し、心にもないことばかり言っているのだ。

それでも『笹のや』の手伝いそのものには真剣に取り組んでいる。

頭ごなしに叱り、押さえ込んではなるまい。

たとえ相手が幼い子どもであろうと、事の是非は行動の本質を見た上で判じるべきである。

まして、佐和は半蔵の愛する妻。

思うところがあるならば、黙って見守ってやりたい。

今や半蔵には斯様に考え、無理なく耐えられるだけの余裕があった。

十年に及んだ勘定所勤め、そして影御用を経験したからこそだった。

宮仕えをしていれば、好き勝手な真似など許されない。

たとえ意に染まぬ役目でも、黙って耐えなくてはならない。

だが、人間はからくり人形とは違う。決められたことのみを黙々と、繰り返し続けられるわけではない。

故に以前の半蔵は勘定所勤めに耐えかねて、入り婿としての辛い暮らしからも逃げ出す一歩手前まで来ていたのだ。

砂を嚙むが如き日々の続く中、図らずも命を助けたことがきっかけで梶野良材から命じられたのが影御用であり、その影御用を通じて面識を得たのが矢部定謙だった。

最初は粗暴なだけの男と思っていた定謙に心酔し、盛り立ててやりたい一念で南町奉行所の検挙率を上げるべく悪党退治を繰り返したことも、今にして思えば、半蔵にとって恰好の気晴らしになっていた。

江戸から悪党を一掃したことが災いし、武州から甲州に至るまで跳梁《ちょうりょう》し始めた無頼の徒を改めて打ち倒さなくてはならなくなったが、それも半蔵にとっては実になることだった。笹子峠では危うく命を落としかけたが、三村左近のおかげで危機を脱し、無事に江戸まで帰還できたのだから問題はない。

半蔵ほど波瀾万丈《はらんばんじょう》ではないにせよ、いつの世も男たちはさまざまな形で憂さを晴らし、成長する上で必要な糧《かて》を得ることができる。

良い目ばかりでなく痛い目にも遭うのもしばしばであればこそ、己の力の限界を知り、人に優しく接することも覚えていく。

しかし、女たちはそうはいかない。

町家の女房ならば亭主を遠慮無しに叱り付け、甲斐性がなければ叩きのめしても平気な顔をしていられるが、武家の妻女には常に慎《つつし》みが求められる。

佐和も例外ではなかった。

誰憚《はばか》ることなく半蔵を尻に敷いているようでいて、実のところは旗本の家付き娘としての立場に縛られており、勝手気儘《きまま》に振る舞えない。

そんな佐和が、恰好の気散じの場所を見つけたのだ。半蔵が留守の間に『笹のや』に出入りし、得意な料理の腕を振るって役に立つと同時に、隣近所の屋敷の妻女に気付かれることなく、憂さ晴らしができていたのだ。

迷惑をかけられていればお駒も堪《たま》ったものではなく、梅吉も自分が満足に包丁を握れぬせいと思えば責任を感じて、佐和を追い出そうとしただろう。

しかし佐和の拵える料理は完璧で、常連客たちの評判も上々という。

となれば、半蔵が文句を付ける余地など皆無である。

佐和の気が済むまで黙って見守り、好きにさせておいてやればいい。

一方、定謙のことも気に懸かる。

武州ばかりか甲州にまで悪党どもがはびこり、江戸での憂さを晴らすかの如く暴れ回っていたことを、定謙は知らずにいる。

たとえ報告を受けていたとしても、自分には関わりのないこととして知らぬ顔を決め込んでいるに違いあるまい。

武州を含む関八州の治安を維持するのは、本来ならば勘定奉行の配下に属する八州廻りこと関東取締出役の役目。同じ勘定奉行の配下である半蔵が剣の腕を見込まれ、御府外を跳梁する悪党を退治する御用旅に出されたのは、稀有《けう》な例とはいえ有り得ぬ話ではなかった。

そして南町奉行の定謙は、北町奉行の遠山左衛門尉《とおやまさえもんのじょう》景元《かげもと》と共に江戸市中の民を護る立場。御府外にまで気を配るには及ばず、関八州で何が起ころうと関知する必要など有りはしない。

されど、実のところは責任が大きい。

定謙は新任の南町奉行として実績を作るべく、半蔵と右近の力を借りて江戸にはびこる悪党どもを一掃した。

その甲斐あって市中の治安は良くなったものの、博徒《ばくと》や掏摸《すり》、無頼の浪人者といった連中が御府外へ逃げ出して、街道筋で悪事を働くようになったのだ。

行き過ぎた取り締まりが災いし、思わぬ事態を招いてしまったのである。

わざとしでかしたことではないにせよ、定謙の責任は大きい。

半蔵自身も、現状を重く受け止めていた。

もしも自分が定謙に肩入れせず、正式な影御用として命じられたわけでもない悪党退治になど励《はげ》まなければ、このような事態は起こり得なかっただろう。

そう思えば、軽はずみな真似をしてしまったと悔やまずにはいられない。

なればこそ、半蔵は影御用の旅を志願したのだ。

良材から下された密命を受け、甲州街道筋で悪事を働く無頼の徒を倒す役目を引き受けたのだ。

いろいろあったが、何とか半蔵は密命を果たした上で江戸に戻ってきた。

だが、定謙は任を全うできていない。

南町奉行として足場が固まったことで、すっかり安心してしまっている。

このままでは、いけない。

半蔵にとっての定謙は、今も敬意を払うに値する人物である。

なればこそ、過ちに気付かせたい。

明日にも足を運び、臆することなく苦言を呈するのだ。

今こそ、半蔵はそう決意していた。

三

翌日、半蔵は久方ぶりに南町奉行所を訪れた。

数寄屋橋を渡ると、番所櫓《ばんしょやぐら》の付いた黒渋塗りの長屋門が正面に見えてきた。

外壁は、塗りも分厚い白海鼠《しろなまこ》。

門の左右にお仕着せ姿の番人が立ち、警戒を怠らずにいる。

門扉は堅く閉じられていた。

町奉行所の正門が開かれるのは公儀の使者を迎えるときと、捕物出役《しゅつやく》で一斉に出動するときのみ。

平時は右手の小門のみが用いられ、与力や同心はもとより奉行でさえ、非常の折でなければ正門から出入りすることはない。

すでに昼を過ぎている。

南北の町奉行は日々の勤めである江戸城中への出仕を終えて、それぞれの奉行所に戻った頃合いだった。

半蔵は久々に仮病を使い、下勘定所を早退《はやび》けしていた。

矢部定謙が下城する時分に合わせて、足を運んできたのである。

本来ならば、勘定所勤めの身で町奉行所に出入りするのは難しい。上役の勘定奉行から命じられての来訪ならばともかく、私用で訪ねたところでまともに取り次いでもらえずに、門前払いをされるのがオチだろう。

その点、半蔵には手蔓《てづる》があるので心配ない。

「笠井半蔵と申す。内《うち》与力の金井《かない》殿にお取り次ぎ願いたい」

「どうぞ、このままおとおりください」

半蔵が旧知の役人の名前を出すと、門番は即座に通してくれた。

町奉行の側《そば》近くで秘書の役目を果たす内与力は、奉行の家臣の中から選ばれた者たちである。

金井権兵衛《ごんべえ》は矢部家の家士頭だった男で、定謙が可愛がっている半蔵のことを信用し、殿に用事があるときは自分の名前を出してもらって構わないと、かねてより許可を与えてくれていた。

「おや笠井殿！　暫《しばら》くぶりだのう」

「ご無沙汰しております、金井殿」

「良い良い、便りがないのは元気な証拠じゃ」

「恐れ入りまする……」

「訪ね参ったは、わが殿に用事があってのことかの」

「はい」

「ならば是非もあるまい。さ、どうぞおとおりなされ」

玄関に出てきた権兵衛は人のよさげな顔をほころばせ、半蔵を奉行所の奥へと続く廊下に進ませる。

お人好しの権兵衛も、半蔵の来意をあらかじめ聞き出した上であれば、定謙に会わせようとは考えなかったに違いない。

残る九名の内与力も呼び寄せて行く手を阻み、今後は二度と南町奉行所の敷居を跨《また》がせぬと宣言していただろう。

むろん、半蔵には最初から本音を明かすつもりなどなかった。

今も定謙を敬愛していればこそ、苦言を呈さずにいられない。

定謙が御用繁多《ごようはんた》な立場であることは、もとより半蔵も承知の上。前触れもなく訪問するのが失礼に当たる上に、迷惑になるのも分かっていた。

委細を承知で訪ねたのは、機を逸してはいけないと思い定めていればこそ。

このままでは、定謙は悪しき者どもの術中にはまってしまう。

親切ごかしに後押しをすると見せかけながら、裏で何事か企んでいる梶野良材の思惑どおりに事が運べば、立場が危うくなりかねないのだ。

今のうちに己の落ち度を自覚させ、対策を講じさせなくては手遅れになる。

廊下を渡り行く、半蔵の表情は真剣そのもの。

逆に怒りを買ってしまい、二度と目通りを許されぬ羽目になろうとも、伝えるべきことを余さず耳に入れるまでは引き下がらぬ覚悟であった。

四

町奉行所の玄関を入って右手の奥に進み、与力と同心の用部屋が並んだ廊下を通過した先は、町奉行とその家族が居住する役宅となっている。

下城した矢部駿河守定謙は裃《かみしも》を脱ぎ、私服の着流しに装いを改めていた。

「ううむ、相変わらず暑いのう……」

いかつい顔を汗まみれにしている定謙は、当年五十三歳。

有事には幕軍の先鋒となって戦う御先手組の家に生まれ、加役（兼任）として任じられた火付盗賊改《ひつけとうぞくあらため》の長官職を三十代の若さで三度も勤め上げた後、堺奉行と大坂西町奉行を経て勘定奉行にまで出世を遂げた、知勇兼備の傑物《けつぶつ》である。

老中首座の水野越前守忠邦がまだ西ノ丸老中だった頃、苦言を呈したのが災いして怒りを買ったために左遷の憂き目を見させられ、己の迂闊さを悔いて自堕落な毎日を送っていたのも、今となっては遠い昔。去る四月二十八日に南町奉行職に就いてからは本来の前向きな気性を発揮し、配下の与力と同心を率いて潑剌と日々の勤めを全うしていた。

「さーて、今日も張り切って参るといたすか」

ひとりごちながら、定謙は恰幅のいい体を文机の前へと運ぶ。

愛用の机の傍らには、決裁待ちの書類が山積みになっていた。

江戸城中での勤めを終えて戻ってきても、町奉行にくつろぐ暇はない。

市中の刑事と民事を司る町奉行は、午前中は登城して老中や若年寄からの質問に応じ、午後になれば町奉行所で各種の事件の裁きに加え、町民から寄せられた訴訟や請の吟味《ぎんみ》する。南北の町奉行同士で顔を合わせての内寄合《ないよりあい》も月に三度は催されるため、なかなかに忙しい。

そんな御用繁多な毎日が苦にならず、いつも潑剌としていられるのも、定謙が生来の勤勉な質であればこそ。

忠邦の怒りを買って勘定奉行の職を解かれた後、西ノ丸留守居役に小普請支配といった閑職にばかり廻されていた当時を思えば、忙しすぎるぐらいでちょうどいいとさえ思っていた。

すでに文机には筆硯《ひっけん》が用意されており、硯《すずり》には墨が磨《す》られている。

「皆、よう働いてくれておるわい……」

笑顔で筆を執りつつ、定謙は微笑む。

子飼いの臣である内与力の面々はもとより、刑事と民事を分担して受け持っている与力と同心も定謙の着任以来、誰もがきびきびと働いていた。

配下たちにやる気を起こさせ、精勤させるにはコツがある。

定謙はいかつい風貌を活かして睨みを利かせるばかりではなく、手柄を立てた者には自腹を切って報奨金を与えていた。

火盗改の長官職を勤め上げた、若かりし頃からやっていることである。

鞭を浴びせるばかりでは、誰も本心から従ったりはしない。目が届かぬところで手を抜くばかりか、不平不満を募《つの》らせてしまうだけなのだ。

ならば、多少の銭を惜しんではなるまい。

励んだ者には気前よく飴《あめ》を振る舞い、働きに報いてやっていればこそ、誰もが労を惜しまずに、力を尽くしてくれるというものだ。

そんなやり方で配下たちを動かしてきた定謙は、金銭への執着がない。

就いた役目に伴う利権で得た余禄は在職中にきれいに吐き出し、後には残さぬのが常だった。

あの世までは持って行けぬのであり、余分な貯えなど遺《のこ》しておけば、身内同士での醜い争いを招くだけのこと。

ならば気前よく配下たちに振る舞い、余ったぶんは自身と家族が生きる楽しみに費やしたい。

左遷続きの頃には斯様な考えも失《う》せ、酒食遊興に無駄金を散じるばかりの定謙だったが、今は違う。日々を前向きに過ごし、気分も上向きになっていた。

それにしても、暑い。

閉じた障子越しに射す陽光は相変わらずきつく、風でも通さなければ茹《う》だってしまいそうだった。

「ううむ、堪らぬわい」

内与力を呼ぶ間ももどかしく、定謙は自ら障子を開けようと立ち上がる。

と、廊下から訪《おとな》いを告げる声が聞こえてきた。

「失礼を仕りまする、お奉行」

「そのほう、笠井か？」

「ははっ」

「苦しゅうない。ささ、早う入れ」

定謙は嬉々《きき》として障子を開ける。

「されば、御免」

敷居際で慇懃《いんぎん》に一礼した半蔵は、膝行《しっこう》して座敷内に入っていく。

来客が礼儀正しく振る舞っているのに、部屋の主が襟元をくつろげたままではいられない。

定謙は速やかに襟を正し、上座に着く。

上下に分かれて座り、二人は改めて顔を合わせた。

「それにしてもしばらくぶりじゃ。変わりはなかったかの？」

「おかげさまで、息災《そくさい》にしておりまする」

「左様であったか……」

目を細め、定謙は半蔵をじっくりと見やった。

半月ぶりに顔を合わせた半蔵は、幾らか痩せたようだった。

正しくは、引き締まったと言うべきであろう。

もとより腕も足も太く、太平の世の武士らしからぬ頑健な体軀の持ち主だった半蔵だが、しばらく見ないうちに無駄な肉が更に削げ落ちていた。

浅黒い顔は日に焼けて、精悍さを増している。

何よりも、漂わせる雰囲気が違う。

この半月の間に何をしていたのかは定かでないが、明らかに一皮剝けていた。

「変わったのう、笠井……」

定謙は驚嘆せずにはいられない。

半蔵の成長ぶりは、定謙をして刮目《かつもく》に値するものだったのだ。

子細はともあれ、武勇をこよなく好む定謙にとって、お気に入りの半蔵が精悍さを増したのは喜ばしいことだった。

当節は侍とは名ばかりの、惰弱な武士が多すぎる。

水野忠邦が躍起になって推し進める幕政の改革に首肯できず、異を唱えることもしばしばの定謙だったが、こたびの改革の手本である享保や寛政の昔に倣《なら》って武芸が奨励されることに限っては、賛同して止まずにいた。

武士たる者は常に戦場に身を置く心持ちで過ごし、平素から鍛錬を怠らぬのが本来の在るべき姿。

まして直参の旗本と御家人は徳川の天下に危機が及んだときに備え、諸大名に仕える陪臣以上に、日頃から励んでしかるべきだった。

御用が多忙であっても夜明け前に起床して朝日に祈りを捧げ、御来光を浴びて五体に力を取り込んだ上で、目覚ましを兼ねて軽く素振りをするぐらいのことは無理なく実践できるはず。他ならぬ定謙自身、左遷が続いて気が滅入ってしまうまでは、当たり前のこととして日々心がけていたのだ。

ところが昨今は宮仕えの武士は言うに及ばず、部屋住みで暇を持て余している旗本の次男や三男でさえ、まともに武芸を学ぼうとしない。

まったく、嘆かわしい限りである。

その点、半蔵は定謙にとって理想と言うべき存在だった。

いつも夜明け前に出仕して、奉行の梶野良材より一足早く、職場の下勘定所に着到するのが常だという。

笠井家に婿入りするまで武州で過ごし、学んだ剣の流派は江戸市中では無名に等しい天然理心流だが、その抜きん出た腕前は定謙も承知の上。

幾度も窮地に陥ったところを救ってもらい、たとえ人は斬れなくても、申し分のない遣い手であると認めていた。

そんな半蔵が更に精悍さを増した上で、目の前に現れたのだ。

これを喜ばずして、何としよう。

ところが嬉々として語りかける定謙に対し、半蔵の反応は素っ気ない。

「男子は三日会わざればと申すが、まことであるのう」

「滅相《めっそう》もありませぬ」

「ともあれ、膝を崩すがよい。くつろいで話をしようぞ」

「恐れ入りまする。何卒お気遣いなきよう……」

答える態度と口調こそ折り目正しいが、愛想というものが皆無だった。

もとより不器用な質《たち》とはいえ、打ち解けた仲であるはずの定謙と久方ぶりに接していながら、これでは素っ気なさすぎる。

（こやつ、あのことをまだ根に持っておるのだな……）

つれない態度を目《ま》の当たりにして、定謙は少々悔いずにはいられなかった。

半蔵の知らないところで右近に密命を下し、生かしておいては都合の悪い盗賊一味を全滅させたことだ。

かつて大坂市中を荒らし回り、しばらく鳴りを潜めていたのが忽然《こつぜん》と江戸に現れた、萬《よろず》の万作《まんさく》という盗賊の頭は、かつて大坂西町奉行だった当時に定謙が交誼を結んだ、かの大塩平八郎が使役していた男である。

四年前の天保八年（一八三七）二月十九日に徳川の天下に反旗を翻《ひるがえ》し、敗れて死する以前の平八郎は、同じ大坂で東町奉行の配下に属し、幾多の事件を解決してきた名与力だった。

一方で陽明学者としても著名であり、惰弱な武士ばかりの世相に反して剛直な生き方を貫く姿勢は、武勇を好む定謙にとって望ましいものであった。

されど、武装蜂起《ほうき》に関わりがあったわけではない。

つい先頃まで定謙は平八郎との関係を取り沙汰され、大坂市中で蜂起する計画を事前に知らされていながら、実は志を同じくするが故に黙っていたのではないかと疑われたものである。そのために水野忠邦から更なる不興を買い、左遷続きの憂き目を見る一因にもなっていた。

火のないところに煙は立たぬと言うとおり、太平の世に剛直な姿勢を貫く平八郎を定謙が好ましく思い、与力の職を辞した後も互いの立場を越えて、親しく付き合っていたのは間違いない。

とはいえ、幕府に逆らう所業にまで加担するなど有り得ぬこと。

知行合一を理想とする陽明学に傾倒した平八郎は、当時の東町奉行だった跡部良弼《あとべよしすけ》が実の兄である忠邦の意のままに江戸へ米を送ったばかりか、大坂市中の米不足に乗じて買い占めを行う豪商たちを放任したことに激怒し、かねてより武装蜂起に踏み切ろうと策を巡らせていた。

そんな行き過ぎた姿勢を定謙は危ぶみ、思いとどまらせようとしたものの逆に怒りを買ってしまい、天誅に値する対象として「奸佞《かんねい》」呼ばわりまでされては、心ならずも距離を置かざるを得なかった。

気持ちは痛いほど分かっていても、将軍家に忠誠を尽くすべき立場の直参旗本としては、行動を共にするわけにもいかない。

大坂を離れ、気を揉むうちに起こってしまった乱の直後に熾烈《しれつ》を極めた幕府の残党狩りに対し、さすがに行き過ぎではないかと異を唱えるぐらいしか、平八郎の役に立つことはできなかったのだ。

亡き平八郎には未だに友情を感じており、命日の三月二十七日には毎年供養を欠かさずにいた定謙だったが、さすがに萬の万作一味の存在を見過ごすわけにはいかなかった。

東町奉行所に身を置いていた頃から、いざというときは武装蜂起もやむなしと考えていた平八郎は、自らの手で御用鞭にした万作とその仲間を処刑されたものと見せかけて密かに命を助け、挙兵に至ったときの資金作りの一環として、大坂市中の豪商たちの店に盗みに入らせていたのである。

私欲を満たすためではなく、あくまで義挙を目的としてのこととはいえ、法の番人たる現職の町方与力がやっていいことではない。もしも平八郎が存命ならば説教をしてやらねば気が済まないところだった。

だが、当の平八郎は自ら命を絶って久しい身。

萬の万作と仲間たちも、盗っ人稼業から身を退《ひ》いて大人しくしてくれていれば定謙とて構うつもりはなく、旧悪を追及するつもりもなかったが、江戸で盗みを始めたとなれば放っておけない。

市中の治安を護《まも》るためにも御用鞭にする必要があったが、もしも北町奉行所か火盗改が先に一味を捕縛し、過去の罪状が明らかになれば平八郎の遺名に更なる傷が付くばかりか、定謙にも累が及びかねなかったからである。

ようやく平八郎との関係を取り沙汰されることも絶え、江戸市中の民から南町の名奉行として人望を勝ち得るようになってきた矢先に、過去の亡霊と言うべき盗っ人どもに下手な真似をされてはまずい。

裁きの場で妙なことを喋られても困る以上、気の毒でも死んでもらうより他になかった。

定謙は斯様に決意した上で、配下の見習い同心――実は鳥居耀蔵がいざというときに役に立ててほしいと言って推挙してきた三村右近に、万作一味の始末を命じたのである。

たとえ相手が悪党でも殺すことなく、刃引きで打ち倒すにとどめてきた半蔵にしてみれば、非情なやり口が許せぬはず。

それに定謙が半蔵に黙って右近を起用し、二人を競わせる形で同じ事件を追わせていたのも、面白くはないはずだった。

定謙とて、悪気があって半蔵に黙っていたわけではない。

指揮を執る立場としては、一人よりも二人を動かすほうが効率はいい。

最後は右近に始末を付けさせるにしても、市中に身を潜めた万作一味の居場所を半蔵が先に探り出してくれれば有難いと思っただけのことなのだ。

何も半蔵を軽く見て、都合よく利用したのとは違うのだ。

それなのに、ずっと根に持たれたままでは困ってしまう。

(ううむ、厄介なことだのう……)

押し黙った半蔵を、定謙は困惑した顔で見やる。

ともあれ、腹を割って話してみなくては何も始まるまい。

(致し方あるまい。儂から先に折れるといたすかの)

意を決し、定謙は口を開こうとする。

刹那《せつな》、半蔵はおもむろに語り出した。

「お奉行に申し上げたき儀がございまする」

「な、何じゃ」

機先を制されながらも、定謙は落ち着いた口調で言った。

「そのほうと儂の仲じゃ。遠慮のう、言うてみるがよかろうぞ」

「されば、謹んで申し上げまする」

日に焼けた顔を正面に向け、半蔵は言上した。

「金井殿より先程うかがいましたが、お奉行のご配下一同は変わることなく日々ご精勤されておられるとの由。まことに結構なことかと存じまする」

「さ、左様か」

目を白黒させながら、定謙はうなずく。

戸惑いを覚えたのも無理はない。

今さら、何を他人行儀なことを言い出すのか。

町奉行の機嫌を取りに来た商人の類ならばともかく、自らも陰で捕物に惜しみなく力を貸してくれた当人が、南町奉行所の盛り上がりを褒めるのは手前味噌というものである。

もとより、半蔵は自画自賛をしたがる輩とは違うはず。

（こやつ、どういうつもりなのじゃ？）

訳が分からぬまま、定謙は続く言葉に耳を傾けた。

「斯《か》くもご一同が御用に励んでおられれば、市中の安寧《あんねい》が保たれておるのも至極というものでありましょう」

「であろうな」

素直に定謙はうなずき返す。

半蔵の態度は、常と変わらず慇懃そのもの。

定謙をからかっているわけではなく、真摯《しんし》に言葉を続けていた。

「されどお奉行、武州は違いまする」

「武州とな？」

「はい。拙者が腕を磨いた、思い出の地にございまする」

「して笠井、彼の地が何とした申すのじゃ」

「久方ぶりに訪ね参りましたところ、酷《ひど》い有り様にございました」

「はて、訳が分からぬのう」

「お分かりになりませぬか」

「致し方あるまい。御府外は、我ら町奉行とは支配違いだからの」

「されば、彼の地の有り様を包み隠さずにご報告申し上げまする」

戸惑う定謙を見返して半蔵が語ったのは江戸市中から流出し、甲州街道沿いの宿場町や村を荒らし回る悪党どもの実情だった。

「まことか？」

思わぬ話を聞かされて、定謙は目を丸くせずにはいられない。

「間違いはございませぬ」

「馬鹿を申すでない。ゆめゆめ有り得ぬ話ぞ」

「すべては、この目にて見届けしことにございます」

「む……」

半蔵の態度に、かつての遠慮は皆無だった。

口調だけは以前と変わらずに折り目正しいが、定謙を見返す視線は堂々としていて揺るぎない。

「……すまぬ」

半蔵の報告を余さず聞き終え、定謙はがっくりと肩を落とす。

南町奉行所の検挙率を上げたことが、知らぬところで思わぬ波紋を呼んでいたと思い知り、心から反省したのだった。

非を悔いた上は、速やかに改めなくてはならない。

「儂は何とすれば良いのじゃ、笠井？」

「まずは御身を大切にし、悪しき輩の讒言《ざんげん》にお気を付けくださいませ」

「悪しき輩とな」

「梶野土佐守……わがお奉行にございまする」

「と、土佐守様が儂を陥れんとしておると申すのか」

「さに非《あら》ざれば、お奉行に子細を明かさぬうちに拙者を影御用の旅に遣わすはずがありますまい」

「む……」

定謙は押し黙る。

半蔵の指摘は正鵠《せいこく》を射ていた。

良材が定謙の味方であり続けるつもりならば、武州から甲州にかけて悪党どもが蔓延したのは南町奉行所が躍進しすぎたのが原因であり、今少し自重するようにと釘を刺してくるはずだ。

それに半蔵を武州へ遣わすにしても、あらかじめ定謙と相談をした上で計画を錬《ね》るはずである。

定謙の許には、三村右近という手練《てだれ》がいるからだ。

萬の万作一味の始末と同様、事件は有能な人材をより多く投入したほうが早く解決できる。

個人の間での遺恨はどうあれ、半蔵と右近を同時に甲州街道筋に差し向ければ悪党退治は速やかに決着を見ただろう。

お互いに顔を合わせては具合が悪いとなれば、半蔵には土地勘のある調布から八王子にかけての一帯を任せ、豪胆で何処に行かせても安心な右近には、武州を飛び越えて甲州にまで猛威を振るっていた凶悪な浪人どもの始末を一任し、並行して影御用を遂行させても良かったのだ。

にも拘わらず、良材はそうしなかった。

定謙に肝心なことを明かさず、何も気付かせぬままにしておいて、半蔵だけを甲州街道に送り込んだのだ。

果たして、良材は何を考えているのだろうか。

半蔵には突き止められぬことである。

直属の上役とはいえ、相手は天下の勘定奉行。

下手なことを言えば、それこそ笠井家を潰されてしまいかねない。

かくなる上は、定謙に事を託すより他にないのだ。

「お願いできまするか、お奉行」

「相分かった」

半蔵に答える、定謙の口調は力強い。

「これは儂が立ち向かわねばならぬことぞ……そのほうにばかり苦労をかけてはおかぬ故、安堵せい」

「有難うございまする」

「何の、何の。そう言われては面映《おもは》ゆいわ」

深々と頭を下げる半蔵に対し、定謙は照れくさそうに笑ってみせた。

「礼を申すのはこちらのほうじゃ。すべては儂の不徳のいたすところなのだからのう……」

「いえ、そのようなことはありますまい」

取りなす半蔵の胸中には、すでに定謙に対する怒りはない。

もとより、相手は敬愛して止まない人物なのだ。

なればこそ、自力で局面を打開してほしい。

今からでも、力を尽くしてくれれば十分だった。

第八章　護るが使命

一

しかし、すでに定謙の落ち度は幕閣《ばっかく》のお歴々の知るところとなっていた。

定謙が事態を把握したのは、半蔵と話し合った翌朝のこと。

登城して早々、良材に面会を申し入れたのが始まりだった。

勘定奉行は毎朝、町奉行が江戸城に出仕するのと同じ頃、御城中の御殿勘定所に入って一日の御用を始める。

長居をしすぎては迷惑になるだろうが、少しだけならば控えの間に呼び出して顔を合わせ、言葉を交わすぐらいは何でもないはず。

しかし良材は定謙に、まともに取り合おうとはしなかった。

「駿河守、そのほうは心得違いをしておるのではないか」

「何と申されますのか、土佐守様!?」

「甲州街道筋の一件は儂《わし》が内々に、しかるべく事を判じた上で笠井に始末を付けさせたことじゃ。そのほうに案じてもらうには及ばぬぞ」

「されど……」

「まだ申したき儀があるのか、駿河守」

負けじと食い下がる定謙を、良材はじろりと見返した。

「そも、そのほうは誰から左様《さよう》な話を聞いたのじゃ」

「そ、それは」

「よもや、笠井めが直々《じきじき》に明かしたわけではあるまいな?」

「いえ、斯様なことはありませぬ」

「ならば黙っておるが良い。支配違いのことに首を突っ込むでないぞ」

素っ気なく話を締めくくり、良材は去っていった。

悪いことは続くものである。

憤然《ふんぜん》と御殿勘定所を後にして早々、定謙は老中の御用部屋に呼び出された。

北町奉行の遠山左衛門尉景元も一緒である。

「老中首座ご直々のお呼び出したぁ一体どういうこってすかね、駿河守様？」

「儂のほうが知りたいわ。時にそのほう、畏《おそ》れ多くも殿中において博徒《ばくと》が如き口の利き方をするのは止《や》めておけ」

「すみやせんね。こいつぁ癖ってもんで……」

定謙の先に立ち、廊下を歩きながら苦笑する遠山景元は当年四十九歳。

身の丈こそ並だが体つきはがっちりしており、代々の大身旗本の跡取りであるにも拘《かか》わらず屋敷を飛び出し、無頼の暮らしを送っていた若かりし頃そのままの無頼の者めいた雰囲気を今も保っている。

とはいえ、誰彼構わず伝法な口調で話しかけるわけではない。

景元と定謙が連れ立って向かった先は、御用部屋に近い芙蓉之間《ふようのま》。

老中および大老が執務する御用部屋への出入りが許されるのは、若年寄に御側御用《おそばごよう》取次《とりつぎ》、奥右筆《おくゆうひつ》組頭、諸役人の連絡や文書を取り次ぐ同朋頭《どうぼうがしら》、雑用を任される御用部屋坊主のみ。

他の者は町奉行といえども招じ入れるわけにはいかないため、用談する必要が生じたときには、近くの空き部屋に呼び出されるのが常だった。

芙蓉之間の前まで来たとたん、景元の態度は一変した。

僧形の同朋頭が取り次ぐより早く、障子越しに訪いを入れる。

「遠山左衛門尉景元、お呼びにより矢部駿河守殿ともども参上仕りました」

「入れ……」

座敷内から不機嫌な声で答えたのは水野越前守忠邦、四十八歳。

天下の老中首座は、細面《ほそおもて》に細い口髭を生やしていた。

見るからに神経が細かそうな顔を、不快げに歪めている。

景元と定謙が入ってきても、苦い表情は変わらなかった。

二人は袴をさばいて膝行し、忠邦の面前に罷《まか》り出て平伏する。

「ご尊顔を拝謁《はいえつ》し、恐悦至極に存じまする」

「止《よ》さぬか左衛門尉。心にも無き戯《ざ》れ言《ごと》など、聞きとうないわ」

頭を下げたまま機嫌を窺う景元に対し、忠邦が返す口調は素っ気なかった。

それでも、定謙への態度に比べればマシだろう。

すぐ目の前に平伏しているのに、視線を向けようともしない。

ともあれ、呼び付けたからには用があるはずだ。

上《うえ》つ方《かた》の面前においては、許しが出るまで頭を下げていなくてはならない。

その点は、宮仕えの長い定謙は慣れたもの。

基本は無頼漢めいた振る舞いをしているのが心地いい景元だが、親しげに口を利ける者以外に対しては、折り目正しくすることを心得ている。まして老中首座が相手となれば、礼儀を欠いた態度を取るはずもなかった。

手入れの行き届いた口髭をきゅっとしごくや、忠邦はおもむろに口を開く。

「面《おもて》を上げよ」

「ははっ」

下座の二人は同時に答え、背筋を伸ばして上体を起こす。

間髪を入れず、忠邦は告げてきた。

「困ったことをしてくれたものだの、駿河守」

「…………」

定謙は押し黙っていた。

景元も黙したままで、余計な口を挟まずにいる。

忠邦が何を言い出すつもりなのか、景元はあらかじめ察しが付いていた。

新任の南町奉行である定謙が張り切りすぎたのが災いし、江戸市中から逃れた悪党どもが武州から甲州に至るまで流出した件を、忠邦は怒っているのだ。

案の定、忠邦は更に厳しい言葉を定謙に浴びせかけた。

「そのほうが短慮のおかげで、勘定奉行は大いに迷惑しておるのだぞ」

「梶野土佐守殿が、でありますか」

「今まで察しが付いておらなんだのか、阿呆《あほう》めが」

口調ばかりか、忠邦は表情も厳しかった。

神経質そうな細面を歪め、口髭の端を吊り上げている。

怒りを露《あら》わにするのも当然だろう。

梶野土佐守良材は鳥居耀蔵と共に、忠邦が最も信頼を寄せる腹心である。

一方の矢部駿河守定謙と遠山左衛門尉景元は、あくまで幕政改革の補いとして登用されたにすぎない人材であった。

二人とも、幕臣としての優秀さにおいては良材や耀蔵に引けは取らない。

しかし、余りにも言うことを聞かなさすぎる。

使い勝手の悪い二人は、今や忠邦にとっては持て余し者だった。

なればこそ、容赦なく叱り付けずにはいられないのだ。

ともあれ、下手に言い返すべきではなかった。

「申し訳ありませぬ」

定謙は深々と頭を下げる。

忠邦は不快げに鼻を鳴らした。

まだ、怒りは鎮まっていないらしい。

「そのほうもじゃ、左衛門尉」

と、忠邦は景元にも険しい視線を向けた。

「町奉行が二人揃うて愚《おろ》か者では話にならぬ。これでは何故にそのほうらを引き立てたのか、分かったものではないわ」

何を言われても、定謙はもとより景元も逆らわない。

忠邦の狙いが読めていたからだ。

抜擢《ばってき》しておきながら実のところは定謙のことを認めておらず、いずれ生《い》け贄《にえ》にしようとしか考えていない忠邦としては、南町奉行の至らなさを他の老中たちに認識させたいところである。

それは、歌舞伎芝居を保護する動きを牽制する上で必要なことだった。

定謙が北町奉行の遠山左衛門尉景元と張り合いながらも足並みを揃え、倹約令に反して芝居小屋に目を掛けている。

二人の町奉行が各種の娯楽、とりわけ歌舞伎芝居を保護したのは、江戸の民にとって一番の楽しみであるのを承知していたからだ。

しかし、忠邦はまったく理解を示さない。

なればこそ平然と、芝居町の移転を強行させようとしているのだ。

とんでもない話であった。

芝居小屋では豪商から裏長屋暮らしの一家まで、さまざまな町民がそれぞれの懐《ふところ》具合に応じて楽しむことができる。

たとえ見物しに行けなくても、人々が集まる髪結床や湯屋の二階などで新作のあらすじを聞くだけで楽しめるし、役者の錦絵《にしきえ》が多色刷りの発達に伴って人気を集めるばかりか、舞台での装いが流行の発信源となり、庶民の奢侈《しゃし》が厳しく取り締まられる以前には、着物の色や柄にまで影響を及ぼしたほどだった。

そんな歌舞伎に象徴される江戸の華やかさは人づてに、今や田舎の村々にまで伝わっている。呆《あき》れたことに諸藩の勤番侍まで広めるのに一役買っており、参勤を終えた主君の大名に従って帰国するときの江戸土産《みやげ》には、錦絵が一番喜ばれるとのことだった。

幕政の現場を預かる忠邦にしてみれば、苦々しいことばかりである。

歌舞伎芝居は、もとより好ましいものではない。

わざと過去の時代に置き換えて話を作り、赤穂浪士の吉良邸討ち入りなど実際の事件を取り上げたり、幕政を風刺したりするだけでも腹立たしいのに、庶民を奢侈に駆り立てるとは何事か。

農民たちの暮らしばかり締め付け、髪を結うのに元結《もっとい》ではなく昔ながらの藁《わら》を用いるように指導したところで、将軍のお膝元たる江戸の民が軽佻浮薄《けいちょうふはく》な有り様では示しが付かない。

このままでは華やかさに憧れて田舎暮らしを捨て、江戸市中に流れ込んでくる不心得者が増えるばかり。人口の増大に起因する米不足も危惧される。

やはり、歌舞伎芝居は諸悪の根源。

断固として締め上げ続け、遅くとも年の内には芝居小屋を僻地に移転させた上で規制を更に強めなくてはなるまい。

そんな忠邦の思惑《おもわく》に、二人の町奉行は逆らってばかりいた。

何とも腹立たしい限りだが、とりわけ忠邦を立腹させたのは矢部定謙が反対に廻ったことだった。

遊び人を気取っていた若かりし頃の経験から世情に通じており、何かと庶民を贔屓《ひいき》しがちな景元ばかりか、基本は質実剛健で古武士然としている定謙まで倹約令に異を唱えるとは、思ってもいなかったのだ。

忠邦と定謙は、もとより犬猿の仲である。

理想が先走って算勘《さんかん》に疎い忠邦の欠点を勘定奉行だった当時に指摘し、大恥を掻《か》かせた定謙は、どうあっても許せぬ相手。

それを敢えて町奉行の職に就けたのは、倹約令に町民たちが不満を爆発させたときに備え、行き過ぎた締め付けは老中首座ではなく、南町奉行の判断に基づくことだったとして、体《てい》よく身代わりになってもらうためでしかなかった。

とはいえ、ただの生け贄に高い禄は渡せない。

いずれは失脚してもらうにせよ、今のうちに少しは役に立ってほしい。

そこで忠邦が定謙に期待したのは北町奉行で庶民贔屓の景元に釘を刺し、倹約令を強化するのに一役買わせることだった。

ところが思惑に反し、二人の町奉行は連携を強めている。

太平の世に生まれていながら尚武《しょうぶ》の気風《きっぷ》を忘れない、武士らしい武士である男が何故に、庶民の贅沢を許すのか。

一縷《いちる》の期待を裏切られた。そんな思いも忠邦にはあった。

しかし定謙に言わせれば、忠邦こそ期待外れも甚《はなは》だしい。

二言目には倹約、倹約と叫ぶばかりでは、物も金も市中に出回らない。

町民たちの財布の紐《ひも》が堅くなれば芸能を含めた商いが成り立たず、幕政の改革が実現する前に将軍のお膝元たる江戸がさびれてしまうであろうことは、年端《としは》のいかぬ子どもにも予想が付くはずであった。

「ご老中、されど！」

「待てるのは年の内までじゃ。左様に心得おれ」

定謙と景元を前にして、忠邦は有無を言わせぬ口調で告げる。

そんなことを宣言されて、黙っていられる二人ではない。

先んじて食ってかかったのは若い景元だった。

「ご無体《むたい》がすぎまするぞ、越前守様」

「無礼を申すでないわ、左衛門尉。儂は老中首座であるのだぞ」

「なればこそ、敢えて申し上げておるのです！」

細面に青筋を浮かべた忠邦を恐れることなく、景元は言った。

「市中の民の六割までもが、その日稼ぎの者で占められておるのは越前守様もご承知であられましょう。彼《か》の者どもが不平不満を一斉に吐き出し、暴挙に及びし折には、上様に何と申し開きをなされるご所存ですかっ」

「大仰に申すでない」

対する忠邦は、にべもない。

「たかが歌舞伎芝居を締め上げたぐらいのことで、町人どもが打ちこわしに及ぶと本気で思うておるのか、左衛門尉？」

「左様にござる」

景元は真摯に訴えかけた。

「これまでに溜まりし不満があればこそ、些細なことで口火を切ってもおかしくないと申し上げておるのです！」

「ふん、埒《らち》もない」

食い下がる景元を一顧だにせず、忠邦は話を打ち切った。

「そのほうもじゃ、駿河守。早々に下がりおれ」

「は……」

どうすることもできぬまま、定謙は景元と共に退出していく。

町奉行たちの努力を無にしてやったことで、忠邦は満足していた。

だが、まだ庶民に対する締め付けは甘すぎる。

このままでは何も変わるまい。

さらに耀蔵に命じて配下の小人目付衆を使役し、江戸市中における倹約令を更に徹底させる所存の忠邦だった。

二

行き過ぎた倹約令の余波は、呉服橋の『笹のや』のように小さな料理屋にまで及んでいた。

かの『八百膳《やおぜん》』の如く、贅を尽くした料理で人気を集めていたのであれば、目を付けられても致し方あるまい。

しかし、かねてより『笹のや』で客たちに供しているのは安価な品ばかり。

屋台売りの蕎麦《そば》と同じ一椀十六文で食べられる朝の丼物にしても、夕方から酒と共に出す肴《さかな》にしても、材料はありふれたものである。

にも拘わらず、巧みに変装して江戸市中をうろつく小人目付が『笹のや』の夜の献《こん》立《だて》を直《じか》に味わい、倹約令下で好ましからざると判じたのは、値段こそ安くても調理の仕方が武家の食膳に上せてもおかしくないほど凝っており、町場の料理屋らしからぬと見なしたが故のこと。

佐和に仕込みを手伝ってもらって店の人気が再燃したことが、思わぬ形で裏目に出てしまったのだ。

かくして、上役の鳥居耀蔵から速やかに指示を受けた小人目付は『笹のや』の商いを制限し、凝った料理を二度と供してはならぬと命じてきた。

幸いにも店は潰されずに済んだものの、厄介な連中に目を付けられてしまったのである。

「何としましょう、お駒さん……」

「あんたが悪いわけじゃないんだし、気に病んじゃいけないよ」

「ですが、このままでは」

「気に病むなって言ってんだろ。悪いのはみんな南の奉行さね」

青い顔をする佐和を慰めながらも、お駒は眉《まゆ》を吊り上げずにはいられない。

「矢部の野郎、ふざけやがって！」

元凶は老中首座と知らぬまま、お駒がいきり立つのも無理はない。

客商売で儲《もう》けを出すのは、当たり前のことである。

派手に稼いできた手合いに比べれば、この『笹のや』の稼ぎなど微々たるものでしかなく、文句を付ける余地も無いはずだ。

そこに理不尽な物言いを付けてきたのが、一人の傲岸不遜な男であった。

その日はいつになく曇《くも》り、今にも降り始めそうな空模様だった。

縄暖簾《なわのれん》を分けながら、男は鋭い視線を店の中に向ける。

折しも板場には佐和が立ち、ようやく起きられるようになった梅吉を手伝って仕込みに励《はげ》んでいた。

土間ではお駒は飯台と椅子代わりの空き樽を雑巾できれいに拭き上げ、今日も客たちを気持ちよく迎えるための支度をするのに余念がない。

三者三様にてきぱきと動く姿は、見ていて心地いいものだった。

だが、乗り込んできた男はにこりともしなかった。

ふてぶてしい顔を不快そうに歪め、恰幅のいい体で暖簾を割る。

胸板が分厚く、どっしりとした足腰も安定している。

身の丈は並よりもやや高い程度だが姿勢が良く、歩みを進めても体の軸がぶれないので上背が高く見えた。

しかし、よくよく見ればだらしがない。

折り目正しく羽織袴を着けてはいるが、頭は月代《さかやき》を伸びるに任せた浪人体《てい》。

襟元から除いた襦袢《じゅばん》の白襟は黄ばんでおり、洗濯が行き届いていなかった。

独り身か、あるいは家庭を持っていても、妻に嫌われているのだろう。仮にも武家の妻女ならば貧富の別を問わず、夫が表でだらしなく思われるような真似をするはずがないからだ。

いずれにせよ客となれば、お駒たちとしては丁重に接さなくてはならない。

「すみませんね、お武家様。まだ口開け前なもので、日が暮れてから出直しちゃいただけませんか」

「構わぬ」

「そんなことをおっしゃられても、こちらが困りますもので……」

「ならば、店など閉めてしまえ」

「何だって」

お駒はたちまち眉を吊り上げた。

いつもであれば辛抱するところだが、ただでさえ機嫌が悪いところに、居丈高な物言いをされてしまっては腹が立つのも当たり前。

相手が武家であろうと、我慢してなどいられなかった。

「おいサンピン、口の利き方に気を付けな」

「ふっ、勇ましい姐《あね》さんだな」

「てやんでい。お前なんぞに褒められたからって嬉しくないよ」

「別に褒めてはおらぬぞ」

お駒が声を荒らげても、男の態度は変わらない。

楽しげに笑みを浮かべ、言いたいことを言われても相手をしてやっている。

挑発とも思える態度に、お駒が更にカッとなったのも無理はなかった。

「だったら何しに来たんだい、えっ？」

「わが殿……鳥居耀蔵の命により、そなたの商いぶりを調べに参ったのだ。お目付筋のお達しに逆らいて、町場の料理屋には不相応な品を素町人どもに供してはおらぬかと思うてな」

「え……」

「それそれ、それでいいのだ」

たちまち血相を変えたお駒を見返し、男は可笑《おか》しげに頬を緩めた。

「これまでのそなたが口上、鳥居様のご威光に逆らい通す覚悟があってのことと見なして構わぬな」

「な、何をお言いだい」

「冗談だと思うのならば好きにせい。後で悔いても知らぬが、な」

「ご勘弁くださいまし、お武家様ぁ」

血の気を失いながらもお駒は態度を一転させ、懸命に可愛らしい声を出す。

今後の商いだけを考えて取った行動ではない。

まだ板場には佐和が居残り、梅吉を手伝って仕込みをしている最中だった。

今度は倹約令に反することのないように工夫し、見た目は鄙《ひな》びていても味だけは以前と変えず、せっかく戻ってきてくれた常連の客たちをがっかりさせぬために頑張ってくれているのだ。

ここで体を張らなくては、店の女将《おかみ》として面目が立つまい。

だが、意を決して示した媚態《びたい》は通じなかった。

「どうした、先程までの勢いは?」

「嫌ですよう、根に持っちゃ。ものの弾みってやつじゃないですか」

ふてぶてしい反応に腸《はらわた》を煮えくり返らせながらも、お駒は目一杯に甘えた態度を取り続けた。

もとより娘じみた顔立ちをしているだけに、他の男ならば即座に相好《そうごう》を崩してしまったことだろう。

そんな努力も虚《むな》しく、男が浮かべたのは冷笑のみ。

「止《よ》せ止せ、所詮は年増《としま》のくせに、しなを作ったところで見苦しいだけだぞ」

「な、何だって⁉」

さすがのお駒も、ついに堪忍袋の緒が切れた。

刹那《せつな》、大きな拳《こぶし》がずんとみぞおちに打ち込まれる。

男の動きは速やかだった。

すでに板場からは梅吉が飛び出し、男に立ち向かおうとしている。

「この野郎、何しやがるんでぇ！」

後ろ手に佐和を庇《かば》いつつ、梅吉は懐に隠し持った短刀を抜く。

しかし、得意の出刃打ちを仕掛ける余裕は与えられない。

大きな体を機敏に動かし、男は梅吉にも当て身を喰らわせる。

最後に残った佐和も懐剣を手にしたまま、速攻の拳を見舞われて失神した。

いつの間に現れたのか、縄暖簾の向こうでは三挺の辻駕籠が待機している。

「早うせい」

駕籠かきたちを急《せ》かし、男はぐったりした三人を次々に運び出す。

連れ去る手際は慣れたもの。

命じられてもいない佐和まで連れて、無人となった店を後にしたのだった。

三

「成る程、首尾よう事は運んだのだな」

「ははっ」

江戸城中での勤めを終え、帰宅していた鳥居耀蔵への報告に及んだのは、あの男からの伝言を預かってきた小人目付。

格下の男の役に立つのが腹立たしい様子だったが、他ならぬ耀蔵が許した上でのこととなれば、文句も言えない。

当の耀蔵はくつろいだ着流し姿で、楽しげに報告を聞いていた。

「それで？　身柄を押さえたのは女将と板前のみか」

「かねてより板場を手伝っておった武家女もついでに連れ参ったとの由にございまする」

「武家女とな」

「件《くだん》の料理を手がけておった笠井半蔵の妻女、佐和にござる」

「あやつの妻が居合わせたと申すのか。ふっ、願ってもないことじゃ」

さして驚いた態度も見せず、耀蔵は微笑《ほほえ》んだ。

「まことによろしいのですか、鳥居様」

「何がじゃ」

「茂平次《もへいじ》めは気を失わせし佐和の体を、我らが手配せし駕籠に乗せるまで絶えず撫《な》で回しておりましたぞ。まことに羨《うらや》ましき……あいや、役目に非《あら》ざれば見るに堪えぬ有り様にございました」

「毎度《まいたび》のことであろう。あやつの女好きにも困ったものじゃ」

「されど、こたびばかりはいかがなものかと」

「おぬし、何を案じておるのか」

「半蔵が嗅《か》ぎ付けたならば怒り狂い、乗り込んで参るは必定にございまするぞ」

「この屋敷に、か？」

「ははっ」

「おぬしらでは太刀打ちし難い故、困ると言うておるのかな」

「田舎剣術の遣い手如きに後れを取るは口惜しき限りなれど……我らでは歯が立ちそうにありませせぬ」

「過日に小塚原で戦うた上のこととなれば、無理もあるまい」

「ともあれ迎え撃つために、頭数を急ぎ揃えまする」

「待て。それには及ばぬ」

腰を浮かせかけた小人目付を耀蔵は制した。

「無用な備えをするよりも、笠井が屋敷に事を知らせてやれ」

「鳥居様⁉」

「いいのだ」

戸惑う小人目付を見返し、耀蔵は余裕の態度で言葉を続けた。

「ただし、すべては本庄《ほんじょう》茂平次が分を弁《わきま》えず、勝手に企ておった私事であると申し添えるのを忘れるでない」

「成る程……さすれば、半蔵めが怒りはあやつのみに向けられますな」

「得心が行ったか」

「さすがは鳥居様。お見事なご采配《さいはい》にございます」

「世辞は要らぬ。それよりも、茂平次に見張りは付けてあるのだな？」

「ははっ」

「して、あやつは三人を何処へ連れ参ったのだ」

「所望によりて我らが仕立てし屋根船にて、大川をさかのぼっております」

「川伝いに目を光らせし上で、追尾の船も出させてあるのだな」

「抜かりはありませぬ。いずれも漕《こ》ぎ手は同じ船宿の者にござれば、船頭同士で気脈を通じております故、万が一にも見失いますまい」

「知らぬは色男気取りのあやつのみ、ということだの」

「御意《ぎょい》」

「ならば良い。引き続き、目を離すでないぞ」

耀蔵は満足そうにうなずき、小人目付を速やかに下がらせる。

白昼の『笹のや』襲撃は、耀蔵の指示によるものだった。

差し向けた男の名前は本庄茂平次、三十九歳。

昨年中に鳥居家の家士として召し抱えた、町医者あがりの剣客である。

茂平次は長崎の生まれ。父親の後を継いで長崎会所の下級役人となり、対外貿易に携わる立場だった。

異色の経歴の持ち主であると同時に剣の腕も立つとなれば、召し抱えて密偵とするに申し分ない。耀蔵は斯様に見なし、目付の役目として対外貿易に伴う不正を摘発するための情報を提供させたのを機に、郷里を捨てて江戸で暮らしていた茂平次を登用したのだ。

ところが耀蔵の慧眼《けいがん》も、この男に関しては誤っていた。

いざ傭《やと》ってみれば、茂平次は使い勝手が甚だ悪い。

妻子持ちでありながら一家を支える自覚が乏しく、男が働く理由は食い扶持を得て家計を支えるためであるという、基本が身に付いていなかった。

稼ぎをフイにしたくないと思えば新参者らしく大人しく振る舞い、古株の家士たちと揉め事を起こすはずもないだろう。

だが、茂平次は狷介《けんかい》きわまりない男。

不遜《ふそん》な言動が目立つために他の家士と揉め事ばかり起こしており、目付の御用を手伝わせても連携がまったく取れず、せいぜい役に立つのは人を斬り慣れた剣の腕ぐらいのものだった。

その腕も、実のところは扱いにくい。

茂平次はあるじの耀蔵に対し、何か事を為すたびに口止め料を平然と要求してくるからだ。

仮にも公儀の目付であり、将軍の侍講を代々務める林家の一族でありながら陰で分を越えた所業を働くとは由々しきことだが、茂平次は出るところに出て訴えましょうかと脅しをかけ、端金《はしたがね》を巻き上げようとするのが常なのである。

そうやって口止め料を巻き上げられることよりも、主従の分を弁えぬ、腐った姿勢が耀蔵は気に食わなかった。

そこで厄介払いができないものかと思案の末に、思いついたのが『笹のや』を潰すために一役買わせることであった。

あの店を営むお駒が名うての賊の娘であり、板前の梅吉も盗賊の忘れ形見だという事実は、もとより茂平次も承知している。鳥居家に仕える家士たちは耀蔵の配下である小人目付や徒《かち》目付らと手持ちの情報を交換し、連携して探索や暗殺に動く立場であるからだ。

その立場を悪用し、耀蔵を脅すという大それた真似を繰り返してきた茂平次を厄介払いするならば、返り討ちにされる危険を伴う役目を命じるか、罪人にしてしまうのが手っ取り早い。

耀蔵が指示した『笹のや』潰しは、いずれにも該当する役目である。

お駒の実の父親が南町奉行の矢部駿河守定謙だという真実は、茂平次も知らされていない。

それは家士の中でも三村兄弟にしか明かしていない、重大事だった。

本気で『笹のや』を潰すならば、左近と右近にやらせたほうが手っ取り早い。

しかし、あの二人には別の役目を命じてある。

定謙を失脚させる上で彼ら兄弟にしか果たせぬ、重要な密命である。

所詮は鼠賊《そぞく》にすぎないお駒と梅吉など、放っておいてもいいのだ。

他に有効なネタが無ければ、南町奉行の娘が盗賊であるという事実を公にしても良かったが、耀蔵が右近に実行役を、そして左近に補佐役を命じた計画は確実に定謙を失脚させ得るものだった。

しかも三村兄弟が事を起こせば定謙だけではなく、長きに亘って南町奉行所を支えてきた年番方《ねんばんかた》与力の仁杉五郎左衛門《ひとすぎごろうざえもん》にも、打撃を与えることができる。

同じ世代の五郎左衛門と共に働いてきた南町の元吟味方《ぎんみがた》与力で、隠居した後も何かと耀蔵に楯突《たてつ》いてきた宇野幸内《うのこうない》も、今度ばかりは手が出せまい。

かかる計画が実行に移されつつある以上、お駒も用済み。

茂平次を厄介払いする役に立ってもらえれば、それで十分だった。

それにしても、佐和まで網にかかってくれたのは好都合。

凄腕の茂平次を内輪で始末しようとすれば、こちらも少なからぬ犠牲を強いられたことだろう。

図らずも半蔵が代わりにやってくれるとなれば、有難い限りである。

すでに耀蔵は直筆《じきひつ》の書状を認め、使いを命じた小人目付に持たせていた。

仮にも公儀の目付が花押入りで書いた手紙を渡されたとなれば、さすがに半蔵も信じるしかないだろう。

怒りに任せて茂平次を倒しに走らず、定謙辺りに助けを求めたとしても耀蔵はまったく困らない。もとより茂平次が問題の多い家士であり、人の妻と承知の上で佐和を拐《かどわ》かしかねない輩なのは事実だからだ。

後から監督不行届の責ぐらいは問われるかもしれなかったが、そのときは忠邦の威光で揉み消してもらえばいい。

ともあれ、最も望ましい結末は半蔵が独断で突っ走って茂平次と対決し、手にかけてくれることである。

「ふ、ふふふふ……」

夕闇の迫る私室に手ずから明かりを灯《とも》し、首尾を楽しみに待つ耀蔵だった。

四

夕日が駿河台の屋敷町を紅《あか》く染めていた。

長い夏の一日も、ようやく終わろうとしている。

だが、今宵の半蔵にくつろぐ余裕はなさそうだった。

勤めを終えて帰宅早々、不審な男が一通の書状を届けてきたのだ。

「急を要するご用向き故、速やかに動くがよかろうぞ」

笠も取らずにそう言い置き、男は後も見ずに立ち去った。過日に雨の小塚原で叩きのめした小人目付の一人だったとは、半蔵は気付かずじまいだった。

その書状を読み終えるや、半蔵は暫《しば》し縁側に座り込んだ。

思わぬ事態に、愕然《がくぜん》とせずにはいられなかったのである。

だが、それも暫時《ざんじ》のことだった。

私室に入った半蔵は、床の間の刀架《とうか》に躙《にじ》り寄る。

大小の二刀用ではなく、一振りのみを立てかけておく太刀架けである。

麗々しく飾られていたのは笠井家代々の宝として、婿入りしたときに先代当主の総右衛門が譲ってくれた、正宗《まさむね》という触れ込みの定寸刀。実は真っ赤な偽物で数打ちの駄物である。にも拘わらず手に取ったのは、今宵の戦いには本身が必要と判じたが故だった。


半蔵は速やかに装いを改めた。

長身に纏《まと》ったのは予備として手許に置いていた、墨染めの着物と袴。

腰には家伝の正宗を帯び、左手に愛用の刃引きを提げる。

脇差《わきざし》は邪魔になるだけと見なし、部屋の刀架に置いてきた。

下ろしたての草鞋《わらじ》の紐を解《ほど》き、足拵《あしごしら》えをする。

まずは大川端に出なくてはならない。

先が急がれる以上、悠長に町中を歩いてはいられなかった。

門を潜《くぐ》った半蔵は屋敷の塀の陰に入り、刃引きの下緒をすっと解く。

背負う動きは慣れたものだった。

こうして忍びの者の如き姿となれば、二振りを携行しても邪魔にならず、機敏に立ち回れるというものだ。

身支度を終えた半蔵は、ぶわっと塀から屋根に跳び上がる。

夜陰に乗じて、屋根伝いに移動するつもりなのだ。

この姿を下勘定所の組頭や同僚の平勘定たちが目にすれば、驚きの余りに腰を抜かすに違いなかった。

半蔵が江戸では無名ながらも実戦志向の高い、天然理心流の剣を学び修めた身であるのを彼らは知らない。

まして、亡き祖父譲りの忍びの術の遣い手とは夢想だにしていないのだ。

だが、これが半蔵の真の姿なのである。

必要となれば死力を尽くして戦うことを辞さず、今は人を斬ることさえも決意しているのだ。

意を決した半蔵は、屋根から屋根へと跳び移る。

南洋の虎を思わせる、力強くも俊敏な動きだった。

神田から日本橋、そして浜町河岸《はまちょうがし》と移動するうちに、大川が見えてきた。

後は河岸に降り立ち、川伝いに向島まで駆け付けるのみだ。

（待っておれよ、佐和）

半蔵の意気込みは十分だった。

だが、体に力が入りすぎるのはうまくない。

宙を飛んでいる最中となれば尚のこと、体勢が崩れてしまう原因となる。

少年の頃から高尾の山を駆け巡り、敏捷性と持久力を培ってきた半蔵としたことが、迂闊《うかつ》な限りであった。

「あっ!?」

悲鳴を上げたときには、もう遅い。

着地を誤った半蔵は河岸を飛び越え、広い川面に落下する。

水音を誰にも聞かれなかったのは、せめてもの幸いだった。

されど、半蔵は濡れ鼠《ねずみ》。

おまけに、帯びていたはずの刀までなくしてしまっていた。

「何としたことか……」

河岸に這《は》い上がった半蔵は、がっくりと肩を落とす。

偽物とはいえ、家宝の一振りを落としてしまったのは大問題。

笠井家で本物の正宗に非ずと知っているのは、半蔵のみ。良材を護るために挑んだ初めての真剣勝負でまったくの役立たずと身を以《もっ》て理解した。佐和はもとより義父と義母も未だ本物と信じ込んでいる以上、失うことなど許されない。

されど、川底まで取りに行く時が今は惜しい。

一刻も早く向島に駆け付けなければ、佐和が危ないのだ。

鳥居耀蔵は本庄茂平次が呆れた漁色漢《ぎょしょくかん》であり、最初から不埒《ふらち》を働くつもりで拐《かどわ》かしたに違いないということを、詫びの言葉と共に書状に書き連ねていた。

そんな男の許になど、寸刻も置いてはおけぬ。

「……よし！」

一言つぶやくや、半蔵はすっくと立ち上がる。

自前で購《あがな》った古刀の刃を潰し、影御用を果たすために愛用してきた刃引きの一振りのみを以て、強敵に挑む決意を固めたのだ。

外道ながらも腕が立つという茂平次を、殺すことなく打ち倒す。

もしも佐和に危害を加えていれば軽い怪我《けが》では済まさぬが、命まで奪うことは控え、抱え主たる耀蔵に裁きを委ねるつもりになっていた。

すべては笠井家の先祖の導きと思うしかあるまい。

感情の赴くままに、罪深い人斬りになど手を染めてはいけない。

婿である半蔵を案じればこそ、家宝の一振りが大川の底に沈んでしまうように取り計らってくれたのではないだろうか——。

そうだとすれば、感謝しなくてはなるまい。

幸か不幸か、半蔵は今まで人を斬らずにやってきた。

斯様な立場に置かれていながら、有り得ぬことと言っていい。笹子峠での窮地においてさえ、半蔵は左近のおかげで一人も殺さずに脱したのだ。

好んで人斬りをしたがる者はいない。

戦国乱世においてさえ武者たちは敵に詫びる気持ちを忘れず、合戦場でのこととはいえ幾人もの命を奪い、首級を挙げるという罪深い所業に及ぶ以上、自らも極楽浄土には行かぬ所存で出陣を繰り返したという。そんな時代から笠井家に伝わる一振りを、半蔵は軽はずみに振るおうとしていたのだ。

(いかん、いかん)

逸《はや》る気持ちを抑えつつ、半蔵は大川伝いに駆けていく。

蔵前から浅草、今戸と川沿いに駆け抜ければ、向島は目の前だ。

本身をなくしたことで、半蔵は落ち着きを取り戻していた。

(佐和に見られぬように、事を為さねばなるまいな……)

そんなことまで、走りながら考える余裕が生じている。

たしかに、勢い任せで敵陣に乗り込むのは愚策というもの。

目指す寮《りょう》が近付いてくる。

耀蔵の好みらしい、小体《こてい》ながらも落ち着いた造りであった。

周囲には生け垣が巡らされ、庭には茶室まで有る。

明かりが灯されていたのは母屋ではなく、その茶室のみだった。

(あるいは、罠《わな》やもしれぬ)

冷静になって考えてみれば、有り得ることだった。

茂平次という不逞《ふてい》の家士をダシにして、何かと邪魔な半蔵を始末できれば耀蔵にとっては一石二鳥のはず。

そんな策に乗せられてはなるまい。

ともあれ、慎重に行くことだ。

今や落ち着いているようでいて、胸の内には怒りが燃え盛っていた。

愛する妻を拐かすとは許せない。

たとえ会ったこともない相手であろうと、ただでは済まさぬ。

そう思えばこそ、本身を持ち出したのだ。

無事に佐和を取り戻すことさえできれば、好んで斬りたくはなかった。

幾多の修羅場を潜っていながら、半蔵はまだ人斬りをしたことがない。その点は弟の範正のほうが手慣れており、遥かに上を行っていた。

敢えて弟に追い付こうとは思わない。

範正は将軍を警固する小十人組の精鋭として、徳川の天下に逆らう者を役目の上で返り討ちにしてきた身だからである。

主持の武士、まして征夷大将軍を無二の主君と仰ぐ直参旗本ならば当然の務めであり、意味もなく人を殺す外道とは違う。

しかし、今宵の半蔵は私情で行動を起こそうとしている。

佐和の身を案じて叫び出しそうになる気持ちを抑え、ぎりぎりまで無茶な真似はしないつもりであった。

ともあれ、本庄茂平次の後を追わねばならない。

不逞の家士が暴挙に及んだのを悪く思えばこそなのか、鳥居耀蔵は直筆の書状の文中で、心当たりだという行き先を幾つか明かしてくれていた。

これまでの経緯を思えば親切すぎて気味が悪くもあったが、今は信じるより他になかった。

茂平次は屋根船を仕立て、大川を遡上《そじょう》していったという。

探索の玄人《くろうと》である小人目付がわざわざ突き止めてくれたこととなれば、間違いはあるまい。

大川の上流で屋根船を乗り付けるとすれば、まず向島辺りであろう。

風光明媚《ふうこうめいび》な向島の一帯には、大身の武士や富裕な商人が別荘として建てさせた寮が多い。耀蔵の書状には心当たりのひとつとして、以前に茂平次に番を任せていたという、自前の寮の場所が記されていた。

この書状を有力な手がかりと信じ、乗り込むのみである。

下手に助勢を頼めば佐和たちの身に危険が及ぶ以上、独りでやるしかない。

五

半蔵は寮の庭に忍び込んだ。

目指したのは茶室。

母屋に人気《ひとけ》が無いのを確かめた上のことだった。

常にも増して慎重な動きである。

お駒と梅吉ばかりか、佐和の命まで危ないのだ。

黒装束と揃いの黒頭巾を着け、顔を隠している。

視界が遮られる頭巾は、強敵と対決する上では不利なもの。

本庄茂平次は人を斬り慣れた男である。

頭巾を着けずに挑んだとしても、無事で済むとは限るまい。

それでも、半蔵は臆することなく突き進む。

鯉口《こいぐち》を切って鞘を払い、刀身を露わにする。

光を照り返さぬように体で刀身を隠しつつ、茶室に忍び寄っていく。

躙口《にじりぐち》に身を寄せるや、悲鳴が聞こえてきた。

「ふ……不埒者……っ！」

くぐもった声ではあるが、間違いなく佐和である。

どうやら猿轡《さるぐつわ》を嚙まされているらしい。懸命に抵抗して緩めたからこそ、辛うじて表に聞こえるだけの声も出せたのだ。

半蔵にとっては幸いだった。

むろん、不埒者をそのままにはしておかぬ。

気配を読みつつ、半蔵はぶわっと躙口を開け放つ。

茂平次がこちらに背を向ける瞬間を待った上で、冷静に事を為したのだ。

茶室の決まり事など最初から気にも留めず、茂平次は脇差ばかりか刀まで中に持ち込んでいた。